編み替え　ものがたり枕草子　上

大阪弁で七五調

中村博

墨絵　はねおかじろう

はじめに

「何故か」と思うことが多くある。

まず、枕草子の「枕」とは何か。

つぎに、内容がバラバラなのは何故なのか。

ある段の話が始まってすぐに、別の話が延々と続くのはどうしてか。

例えば、二百九十段。

「あしと人に言はるる人。さるは、よしと人に言はるる人よりも、うらなくぞ見ゆる」に始まる「うちとくまじきもの（油断できないもの）」が、「舟の道・・・」と続き、海の恐ろしさについての記述が長々と続く。

また、冒頭すぐの「五段」に、中宮定子死去前年の「大進生昌《だいじんなりまさ》が家に」があり、生昌《なりまさ》をイジる話があって、続く「六段」には、嗾《けしか》けられた犬丸が御猫「命婦のおもと」に飛び掛かり、それの咎《とが》にて打ち据えられ放逐される。

何が言いたいのであろうかと考えてしまう。

面白おかしい話を伝えるためだけに書かれたのであろうか。

そうは見えない何かが匂ってくる。

これは「徒然草」と並び称される単なる随筆ではない。

例え学校で習うのはそうであっても・・・。

疑問が解けぬままで訳し始めるには聊《いささ》か気になることが多いので、問い合わせることにした。

「清少納言」にである。

「はやぶさ2」が、三億超キロ離れた小惑星「りゅうぐう」まで行って、通信できる世の中である。

人生百年時代に、十人分の千年前への問い合わせくらいはた易い。

時空通信メールが戻って来た。

・「枕」の由来につき、識者の皆々がいろいろに言うのは、少し違う

・意味が通らぬは、そこの一部が何かの拍子に抜け落ちた所為《せい》であろう

・単に書いたものを綴り合せたに過ぎない草子故、抜けるは当たり前

・その部分が何かは分かるが、これを教えるわけには行かぬ

・一人を依怙《えこ》贔屓すれば他の恨みを買うやも知れぬ故、ご自分で考え召されよ

・ヒントを与えるとすれば、「古今」と云ったところか

・また、話が突如変わるは、我れの不注意・錯乱にこれあらず

・それはそこ、推して測るべし

・話順序の乱れについては、元々、そこそこ関連あるものを一所《ひとところ》に纏めてあったのを、誰の意向か、はたまた誰を忖度したかは知れぬが、綴《と》じ紐を解《ほど》き、綴り直したに違いない
・草子が、すでに世に出、無視しえぬものとなっていることに鑑み、分かり難《にく》きものにするためだったかも知れぬが・・・
・これまた、我れの預かり知らぬこと
・いずれにしても、元に戻してくれるは嬉しき限り、そのためであれば、微力ながら・・・
・あれ、誰かが戸を叩く
・あのお方の差し金で来たやも知れぬ・・・もはやこれまで・・・

と、そこで返信メールは途絶えていた。

そこまでを知らされ、意を決した私は、編み替え作業にと掛かる。

これが困難極めの始まりであった。

・とりあえず全文を読まねばならない
・そのうえで、段ごとにワード入力
・そしてそれを、エクセルに流し込み、一段ごと一つずつのセルに落とし込む
・内容別に、A類聚的章段、B随想的章段、C日記的章段に分けソートする

・さらに、それぞれを関連別に集め変える
・日記的章段は、時間軸を考え、並べ替える
・中には、いつのことか判明しない段もあり、A・B・Cの混ざったものもあったり、時期の違うものが同居している段もある

悪戦苦闘の末、生みだしたのが、本書「編み替えものがたり枕草子」である。

七五調は、これこそ日本の心のリズムであり、先著「七五調・源氏物語」が、好評を博したのにあやかった。

何故に「大阪弁」かは、最後まで読み進めて頂ければ判明する。お愉しみに。

果たして、何が見えて来るであろうか。

出来上がったものを、また時空通信メールで送ったが、清少納言からは何の返事《かえし》もない。

後は、これを読んだ皆さん方に聞いてみるしかないか。

迷い込み　枕の森の
　うたた寝に
現れたるは　これ真実《まこと》かや

編み替え　ものがたり枕草子　目次

序章　「枕草子」その謂《いわ》れ

内大臣《うちのおとど》が　献上したる
草子《かみのつづり》を　前にと置かれ
中宮《みや》が「何を」と　思案をされて
「古今和歌集　とでも」と言うに
帝が『史記』とを　申されたれば
思い付きたる　妙案あれど
機智を尊ぶ　中宮《みや》様なるに
そのまま言うは　趣向《おもむき》ないと
「『敷き』臥すにては　『枕』が要《い》るに
この草子《かみつづり》　厚さがありて
丁度良ければ　枕になされ」

【史記】
・中国の歴史書
・前漢の司馬遷の著
・黄帝から五帝、夏・殷・周・秦を経て漢の武帝までを記す

申し上げたが　聞きたる中宮《みや》は
「其女《おまえ》にしては　不味《まず》きの洒落ぞ」
とに言われたを　受け聞き我れは
「しからば『枕』　これ『枕詞《まくら》』とて
『敷島』があり　『大和』に掛かる

『史記』は異国《とつくに》　往古《むかし》の話
されば『大和』の　現在《うつつ》の話
『古今《こきん》』でなくて　『古今《ここん》』は如何
それになされば」　とを申したに

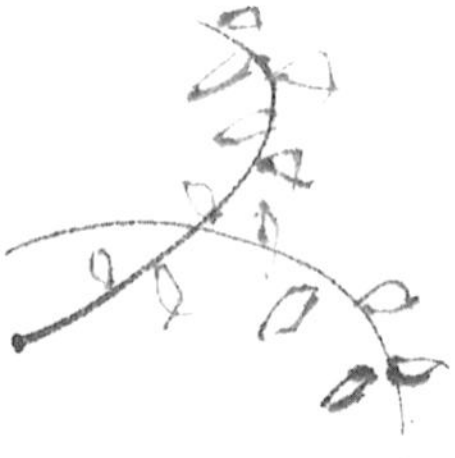

「そお相《そ》その機智《ちえ》　さすがに其女《そなた》
されど誰書く　その現在話《いまはなし》
書けるは他に　見当たらぬにて
今の宮中《みやうち》　雅《みやび》のことや
普段《いつも》話せし　興趣深滑稽《おもしろおかし》
これら纏めて　其女《そなた》が書け」と
その草子《かみつづり》　我れ下賜《くだ》されし

加え中宮様《みや》　申されたるは
「書き出し冒頭《まくら》　思案はあるか
春　夏　秋　冬　如何かこれは
これ『四季』なれば　『史記』にと並ぶ」

第一章

春は曙・季節《きせつ》の趣《おもむき》は

春は曙　良《え》んちゃうか
だんだん白《しろ》う　なって行く
山の上端《うえはし》　明るなり
紫色に　なった雲
細う棚引く　良《え》ぇ感じ

何《なん》ちゅうたかて　夏は夜
月出てるんも　良《え》ぇ上に
出えへん闇夜《よる》も　蛍とか
多数《ようけ》飛んでん　良《え》ぇ眺め

一つ二つが　ほんのりと
光るんこれも　情緒《おもむき》で
雨降るのんも　しみじみや

秋はやっぱり　夕暮れや
夕陽差し込み　山の頂《うえ》
もう沈むんか　思《も》う時分
カラス塒《ねぐら》へ　戻ろかと
三羽、四羽《よんわ》や　二羽なんか
急《せ》えて飛ぶんも　趣《おもむき》や

また雁なんか　列つくり
小《ちい》そう見える　その情景《ながめ》
何《なん》とも言えん　風情《ふぜえ》やで

日暮れて風や　虫の音が
聞こえるこれも　良《え》ぇもんや

冬は朝早《は》よ　もうこれや
その上雪が　降ってたら
言《ゆ》うこと無しに　最高や

霜が白《しろ》うに　降《お》りてたり
そうで無《の》うても　寒い朝
火なんか急《せ》えて　熾《おこ》してに
炭をあちこち　運ぶんも
冬の朝には　似合《お》うてる

昼頃なって　温《ぬく》なって
炭櫃《すびつ》（角火鉢）や火桶　なんかの火
白《しろ》う灰がち　なったんは
何《なん》やら味気　無いけども

（一段）

時節《じき》で良《え》えのん　言《ゆ》うたなら
正月、三月　四・五月で
それに七、八　九月かて
十一月や　十二月

何《なん》やそんなら　全部《ぜんぶ》やが
年中どれも　興趣《おもしろ》深い

正月一日　その日ぃは
珍しまでも　空景色
うらうらしいに　霞んでて
この世居る皆　それぞれが
衣装や化粧　念入れて
帝《みかど》を始め　私《うち》らまで
新し年を　祝うんは
平時《いつも》と違《ちご》て　有意義《ありがた》い

七日の日とか　迎えたら
雪間の若菜　摘んできて
青々してる　その葉っぱ
平生《いつも》は間近　見ぃひんを
宮中《だいり》の中で　見燥《はしゃ》ぐん
これまた何《なん》や　情趣《おもむき》や

【若菜】
・年頭の祝儀に用いる菜
・正月の子《ね》の日の節会など
に七種の新菜を　羹《あつもの》と
して食した

また同《おんな》じの　七日の日
白馬儀式《あおうままつり》　見よ思て
実家《さと》下がってた　女房らが
牛車《くるま》を綺麗《きれえ》　飾ってに
宮中《だいり》向こうて　行くのんや
待賢門《たいけんもん》の　敷居とか
越え様《よ》する時　牛車《くるま》揺れ
頭どうしが　ぶつかって
飾りの櫛が　落ちるやら
何かの拍子　折れもして
皆大笑い　するのんは
これもまたまた　滑稽《おっか》しい

【白馬節会《あおうまのせちえ》】
・帝が正月七日に左右
馬寮《めりょう》の官人の引く白馬
を紫宸殿で見る一年の
邪気を払い除く儀式
・醍醐天皇の時代から白馬
を用いるようになった
が、本来は青馬を用いた
のでこう呼ばれる
※馬寮《めりょう》
馬に関する係

【待賢門《たいけんもん》】
・大内裏の東面中央の門
・中の御門《みかど》とも言う
※大内裏
内裏を中心に諸官庁が
置かれている一郭

【大内裏図】

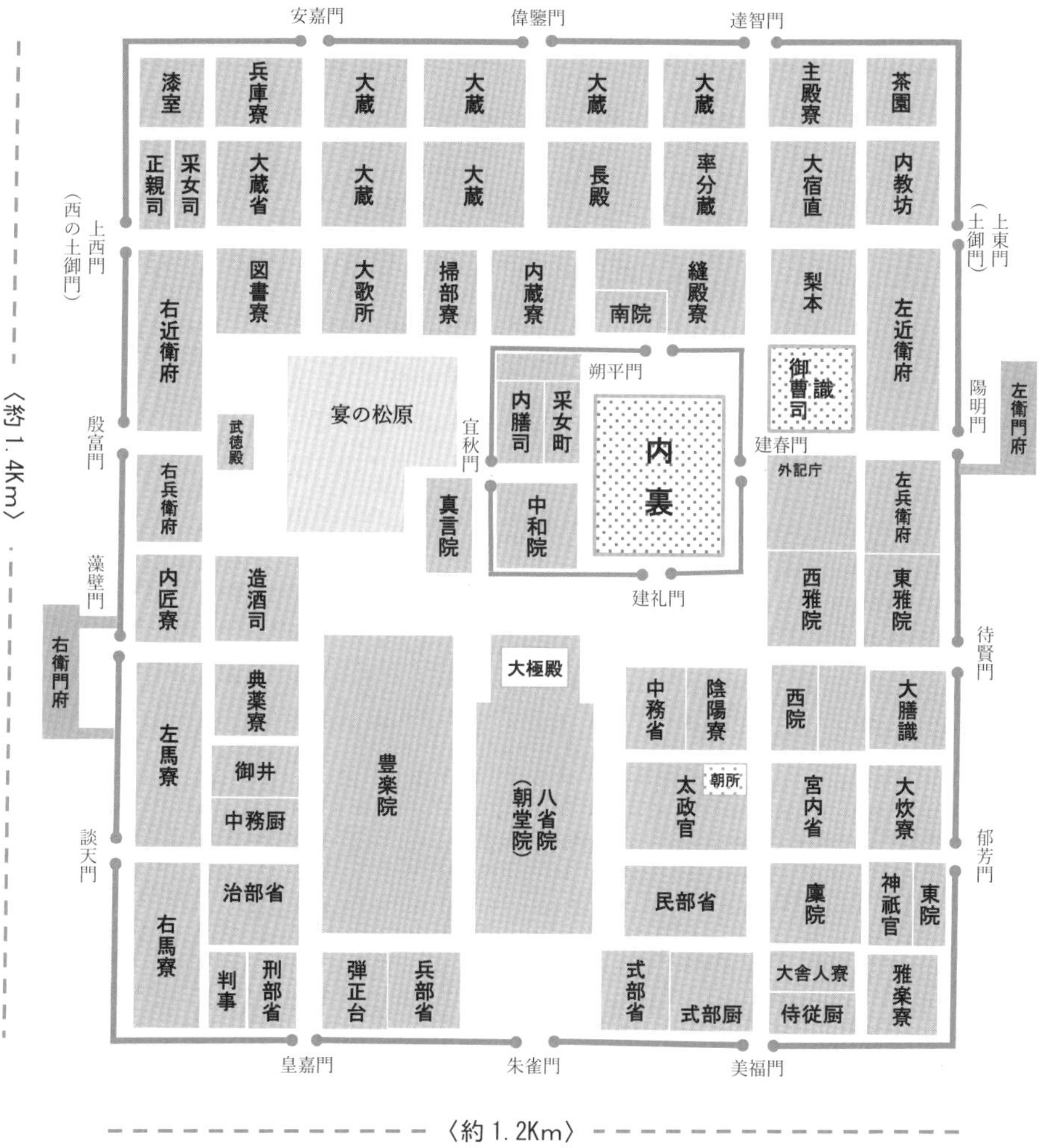

安嘉門
偉鑒門
達智門
漆室
兵庫寮
大蔵
大蔵
大蔵
大蔵
主殿寮
茶園
正親司
采女司
大蔵省
大蔵
大蔵
長殿
率分蔵
大宿直
内教坊
上西門（西の土御門）
上東門（土御門）
右近衛府
図書寮
大歌所
掃部寮
内蔵寮
縫殿寮
南院
梨本
左近衛府
宴の松原
朔平門
内膳司
采女町
御書司
識
陽明門
左衛門府
殷富門
武徳殿
宜秋門
内裏
建春門
外記庁
右兵衛府
真言院
中和院
左兵衛府
藻壁門
右衛門府
内匠寮
造酒司
建礼門
西雅院
東雅院
待賢門
大極殿
典薬寮
中務省
陰陽寮
西院
大膳識
左馬寮
御井
豊楽院
八省院（朝堂院）
朝所
太政官
宮内省
大炊寮
中務厨
談天門
郁芳門
治部省
民部省
廩院
神祇官
東院
右馬寮
判事
刑部省
弾正台
兵部省
式部省
式部厨
大舎人寮
侍従厨
雅楽寮
皇嘉門
朱雀門
美福門
〈約 1.4Km〉
〈約 1.2Km〉

建春門《けんしゅんもん》の　左衛門府（警固詰め所）
そこの辺《あた》りで　殿上人《てんじょびと》
大勢《ようけ》居集《たむろ》て　ふざけてに
列《れつ》の舎人《とねり》の　弓取るや
馬脅《おど》かして　笑《わろ》うてる

これを簾ぅから　覗《み》とったら
奥の方《ほ》にある　立蔀《たてじとみ》
そこ行き来する　女官やら
主殿司《とのもづかさ》が　見えとって
これも何《なん》やら　興趣深《おもしろ》い

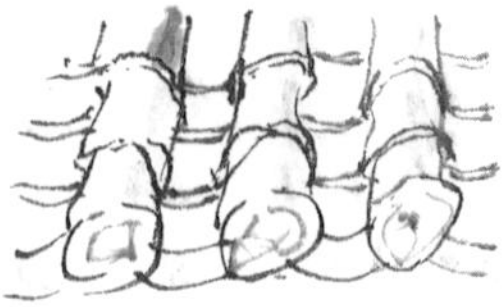

【建春門《けんしゅんもん》】
内裏の外郭門で、東面中央
・内郭の宣陽門と向かい合う
・左衛門陣がある

【上達部《かんだちめ》】＝公卿
摂政・関白・太政大臣・左大臣・右大臣・内大臣・大納言・中納言・参議・及び三位以上
【殿上人《てんじょうびと》】
公卿以外で清涼殿の殿上昇殿を許された人

【舎人《とねり》】
天皇・皇族などに近似して、警固・雑事に当たった下級役人

どんなお偉い　人らが
宮中《だいり》で威張り　くさるかと
覗くんやけど　ここからは
良うは見えんで　見えたんは
ほんのちょこっと　だけやって
舎人《とねり》の黒い　地ぃの顔
白粉《おしろい》ちゃんと　塗らんでに
斑《まだら》に雪が　残る様《よ》で
非常《えろ》見苦しん　見えとった
もっと見たいな　思たのに
馬が騒いで　跳ねるんが
非常怖《えろうこわ》ぁて　首竦《すく》め
良《よ》うその外《ほか》は　見んかった

【主殿司《とのもづかさ》】
後宮の清掃・灯火・薪炭などを担ぅ女子
※主殿寮《とのもりょう》
同じ役目の男子

【立蔀《たてじとみ》】
・蔀《しとみ》でできた衝立状のもの
・室内が見えないように縁《えん》などに立てた目隠し
※蔀《しとみ》
細木の格子組の裏に板を張った戸

【内裏殿舎配置図】

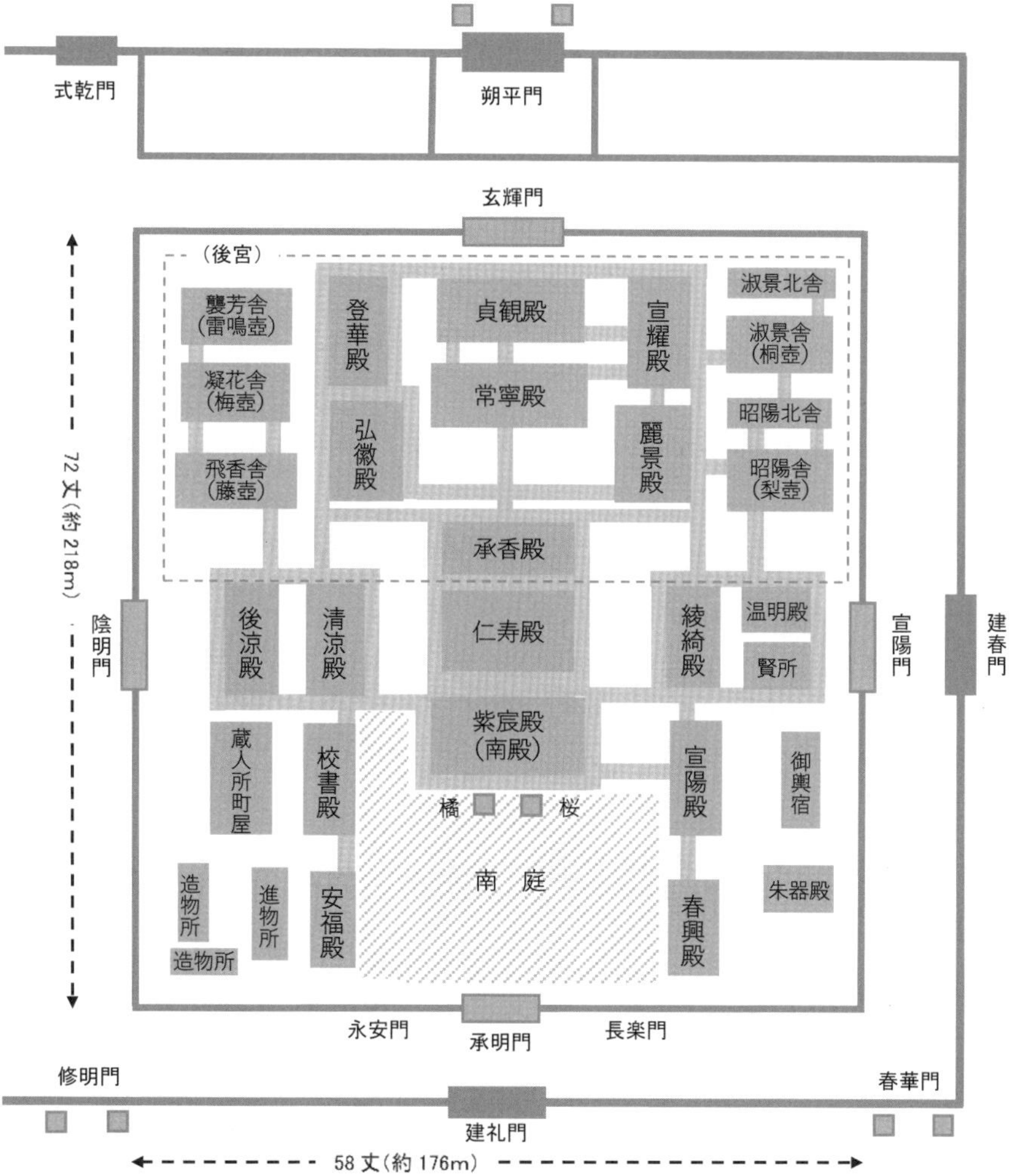
朔平門
式乾門
玄輝門
（後宮）
襲芳舎（雷鳴壺）
凝花舎（梅壺）
飛香舎（藤壺）
登華殿
弘徽殿
貞観殿
常寧殿
宣耀殿
麗景殿
淑景北舎
淑景舎（桐壺）
昭陽北舎
昭陽舎（梨壺）
承香殿
仁寿殿
後涼殿
清涼殿
綾綺殿
温明殿
賢所
紫宸殿（南殿）
橘
桜
南庭
蔵人所町屋
校書殿
宣陽殿
御輿宿
造物所
進物所
安福殿
造物所
春興殿
朱器殿
陰明門
宣陽門
建春門
永安門
承明門
長楽門
修明門
春華門
建礼門
72 丈（約 218m）
58 丈（約 176m）

八日は昇進《のぼり》　出来た人《けん》が
嬉して挨拶《おれえ》　回ろうと
牛車《くるま》走らす　音なんか
通常《いつも》と違《ちご》て　弾む様《よ》で
これも興趣深《おもしろ》　啜《そそ》るんや

【昇進】
五位以上の叙位が七日
に発令される
※叙位
位階を与えること
※位階
官僚の序列で正一位《しょういちい》
から少初位下《しょうそいのげ》三十階の
こと

十五日の日　迎えたら
節句《（小正月）》の祝膳《おぜん》　出した後《あと》
それの粥《かゆ》の木　持ち隠し
古女房や　若女房《にょぼ》が
尻打《ぶ》と思て　隙みてる
打《ぶ》たれん様に　気ぃつけて
背後《うしろ》気に為《す》ん　滑稽《おっかし》い
上手《うもう》に隙を　見付けたか
その尻バンと　ど突いたら
皆可笑《おっか》して　笑うんは
晴れ晴れしいて　賑やかや
打《ぶ》たれた方は　癪なんで
悔しがるのん　当たり前

【粥《かゆ》の木】＝粥杖《かゆづえ》
・小正月の七草粥を煮る
薪《たきぎ》
・これで女の腰を打つと懐
妊し男子を授かるとい
う

新しに来た　婿君《むこはん》が
内裏参内　仕様《しょう》思て
支度するんを　奥の方《ほ》で
格上女房《にょぼ》が　隠れてに
隙窺《うかが》うて　居るのんや

婿の前居る　別の女房《にょぼ》
これに気付いて　笑うんを
「しっ」と手真似で　制止《とめ》てるに
女君《よめ》は知らんで　おっとりと
傍でぼおっと　座ってる

「ちょっとそこのを」　言《ゆ》て騙《だま》し
寄って粥木《かゆき》で　女君《よめ》打《ぶ》って
逃げるのん見て　皆笑う

婿も（にこっ）と　笑うけど
女君《よめはん》びっくり　為《し》もせんで
顔赤《あこ》うして　座ってる
これも何《なん》やら　滑稽《おっか》しい

女房同士で　打《ぶ》つんやら
男打《ぶ》つんも　ある云《ゆ》うで

遊びやのんに　本気なり
打《ぶ》たれて泣いて　腹立てて
その打《ぶ》った人《ん》を　恨んだり
腐《くさ》して言《ゆ》んも　滑稽《おもしろ》い

宮中《だいり》とかでも　高貴人《えらいひと》
この日は全部《みんな》　無礼講《ぶれいこ》で
遠慮も無しに　ふざけてる

春の除目《じもく》の　時なんか
宮中《だいり》は何《なん》や　傑作《おっかし》い
雪降り　氷張ってるに
手に申し文　持ってから
（希望官職の自薦書）
皆があちこち　歩きよる
四位や五位やの　若い人《ん》の
将来《すえ》のあり相《そ》は　頼もしい

【除目《じもく》】
・京官、外官の諸官を任命する儀式
・春秋二回行われた
※京官＝在京の官職
※外官＝国司など在京でない官職

年取り髪の　白い人《ん》が
女房《にょぼ》に取次ぎ　頼んだり
局《つぼね》にまでも　押し掛けて
我が才覚《ええとこ》を　一生懸命《いっしょけめ》
言《ゆ》うん傍居る　若女房《にょぼ》が
真似してこれを　笑うけど
本人何《なん》も　知りよらん

「どうか宜《よろ》しゅう　お伝えを
帝や中宮《おきさき》　様《はん》にへも」
言《ゆ》うて懸命　頼むけど
官位《くらい》貰ろたら　良《え》えんやが
貰われへんの　可哀想や

【局《つぼね》】
宮中や貴人の邸宅内で簡単に仕切った仕え人の部屋

三月三日　その日ぃは
うらうら照るん　良《よ》う似合う
桃花《ももはな》とかが　咲き初め
柳なんかの　風情《ふぜえ》とか
もう言《ゆ》うまでも　無いんやが
芽ぇ出る前が　興趣《おもしろ》深て
葉ぁ開いたん　興趣《おもろ》深ない

綺麗《きれえ》に咲いた　桜枝
長《なご》うに折って　その花を
大っきい瓶《かめ》に　生《い》けたんは
風情《ふぜえ》があって　興趣《おもしろ》深い

桜色目の　直衣《のうし》着て
出　袿《いだしうちき》の　恰好《なり》してに
客人《きゃく》であっても　兄弟《はらから》の
公達《きんだち》とかで　あったかて
花瓶の近く　座ってに
話すん大層《えろう》　風情《ふぜえ》やで

【直衣《のうし》】
貴族の平常服

【出　袿《いだしうちき》】
袿《うちき》の裾を外から見える
ように少し出して着る
こと
※袿《うちき》
直衣などの下に着る内
着

四月の賀茂の　祭時
これもまたまた　興趣《おもしろ》深い
上達部《かんだちめ》やら　殿上人《てんじょびと》
袍《ほう》色の濃い薄　違《ちゃ》うけども
皆白襲《しらがさね》　着てる姿《なり》
涼しゅう見えて　良《え》え感じ

まだ木の葉っぱ　茂らんと
若々青う　伸び伸びで
霞や霧が　立って無《の》て
空が晴れてる　景色《ながめ》には
気かて浮き立つ　趣《おもむき》や

【賀茂の祭】
・下賀茂神社と上賀茂神社で、陰暦四月の中の酉《とり》の日に行なわれる例祭
・葵祭とも言う
・冠や牛車・桟敷の御簾などを葵鬘で飾ったからいう

【袍《ほう》】
宮中で、衣冠・束帯の正装のとき着る上着

【白襲《しらがさね》】
表裏とも白の色目で、四月・十月の衣替えの日や盛夏に着る

そんな曇った　夕や夜
幽《かす》か鳴いとる　ホトトギス
空耳《そらみみ》かなと　思うほど
遠くたどたど　聞こえるん
真実《ほんま》心地が　良《よ》うなるで

賀茂の祭りが　近こなって
青朽葉《くちば》やら　二藍《ふたあい》の
生地くるくると　巻いたんを
形《しるし》ばっかり　紙包み
行ったり来たり　歩くんは
この頃らしい　味わいで
末濃《すそご》や斑濃《むらご》　染物《そめもん》も
平生《つね》より　趣《おもむき》　良《よ》う見える

【青朽葉《くちば》】
・表は青、裏は朽葉色または黄色の色目
・初夏に着る

【二藍《ふたあい》】
・呉藍《くれあい》（紅花《べにばな》）と藍で染めた色
・紅色がかった青色

【末濃《すそご》】
上部を薄く下へ行くほど濃くなるように染めた色

【斑濃《むらご》】
同じ色で所々に濃淡のある色

小《ち》っちゃい子おの　童女《わらわめ》が
頭だけなと　綺麗《きれえ》にし
服装《ふく》は常時《いつも》に　着慣れてる
綻《ほころ》び裂けた　ぼろ着てて
「下駄に鼻緒を　挿《す》げてんか
　沓《くつ》に裏打ち　して欲し」と
それ持ち「祭　早よ来い」と
燥《はしや》ぎまわって　居るのんは
大層《えろ》微笑《ほほえ》まし　感じるで

普段《いつも》は妙《へん》な　恰好で
飛んで跳ねてる　子供でも
祭に晴着　着せたなら
定者《じょうじゃ》の法師《ぼうず》　みたいにと
あちこち練って　歩くんで
親は何《なん》やら　気ぃ揉める

【定者《じょうじゃ》】
法会の時、行道《ぎょうどう》の行列の先頭に立ち、香炉を持って進む役
※行道《ぎょうどう》
法会の時、僧が列を組んで読経・散華《さんげ》しながら仏堂や仏像の周囲を回ること

その子の親や　叔母や姉
付いて子供の　身形《みなり》とか
直し直しに　歩くんは
何《なん》や見てたら　微笑《ほほえ》まし

蔵人《くろど》なりたい　思てても
まだなられへん　人らが
祭に役柄《やく》で　青色《あお》服着るが
これ脱がさすん　惜し思う
着てるん綾で　ないのんが
何《なん》や身窄《みすぼ》ら　見えるけど

（二一段）

【蔵人】
・天皇の傍近くに仕え、天皇の身の回りの処理に奉仕し、殿上の諸事を担う
・五位・六位の者が居り、六位であっても殿上が許された
・その制服が青色

四月終わりの　頃とかに
初瀬《はせ》観音に　お参りし
『淀の渡り』を　した時に
舟に牛車《くるま》を　乗せてって
菖蒲《しょうぶ》や菰《こも》の　先ちょっと
水から出てん　採らしたら
大層《えろ》長いんで　魂消《たまげ》たわ
菰《こも》とか積んだ　舟なんか
行き来してるん　良かったで
『高瀬の淀に』　云《ゆ》う和歌《うた》は
これ見て詠んだ　思うたわ

【淀の渡り】
淀で船を使って川を渡り、木津川に沿って南へ辿る
※淀
北からの鴨川・宇治川・桂川と南からの木津川の合流地点

【高瀬の淀に】
菰《こも》枕
高瀬の淀に
刈る菰の
かるとも我れは
（刈・離）
知らで頼まむ
―古今集―

五月三日に　帰る時
雨とかちょっと　降ってたが
菖蒲《しょうぶ》刈るんか　笠とかの
大層小《えろうち》さいん　被《かぶ》ってに
脛《すね》長ご出した　男の子
屏風に描いた　絵みたいで
大層《えろう》趣《おもむき》　あったんや

（百十段）

五月四日の　夕暮れに
赤い狩衣　着た男《のん》が
きっちり切った　青草《（菖蒲）》を
左と右の　肩に乗せ
通って行くん　趣《おもむき》や
（二百十一段）

【赤い狩衣】
赤色の狩衣は下っ端の着るもの

節句は　五月五日やで
これに及ぶ物《ん》　あれへんわ
菖蒲《しょうぶ》や蓬《よもぎ》　香りとか
漂い合うん　趣《おもむき》や

内裏御殿の　屋根とかや
取るに足らへん　民家《いえ》までも
（私《うち》の家だけ　何《なん》とかに
沢山《よけえ》葺いたろ）　思てから
屋根びっしりと　葺いてんを
見るんは真実《ほんま》　良《え》え光景《ながめ》
他の節句に　こんなこと
為《し》たこと真実《ほんま》　あるやろか

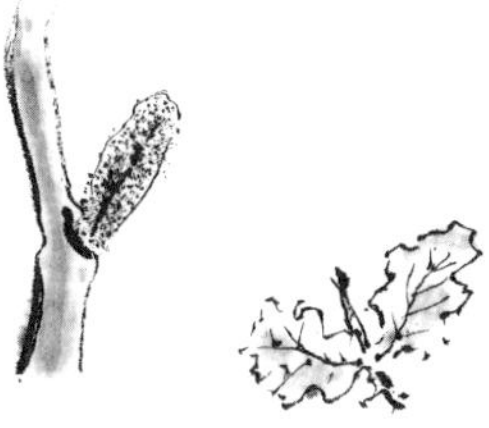

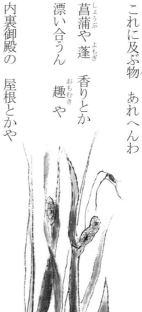

空この時分　曇ってて
良《え》え日滅多に　無いけども
中宮様の　所《はん》へは
御薬玉《くすだま》云《ゆ》うて　縫殿《ぬいどの》で（裁縫所）
いろんな糸を　垂らし組み
拵《こさ》えたのんを　持ってきて
御帳台（寝台）傍　立っとおる
母屋《もや》の柱の　右左
これにぶら下げ　飾るんや

【薬玉《くすだま》】
・五月五日の端午の節句に邪気を払う魔除けとして柱などに掛けるもの
・香料を入れた錦の玉を造花などで飾り、長い五色の糸を垂らす

【母屋《もや》】
寝殿造りで廂《ひさし》に囲まれた中心の部屋
※廂
・母屋の外側の下屋部分
・そこを区切って部屋としたのが廂間《ひさしま》
・その外に簀子《すのこ》がある

【寝殿造りの図】

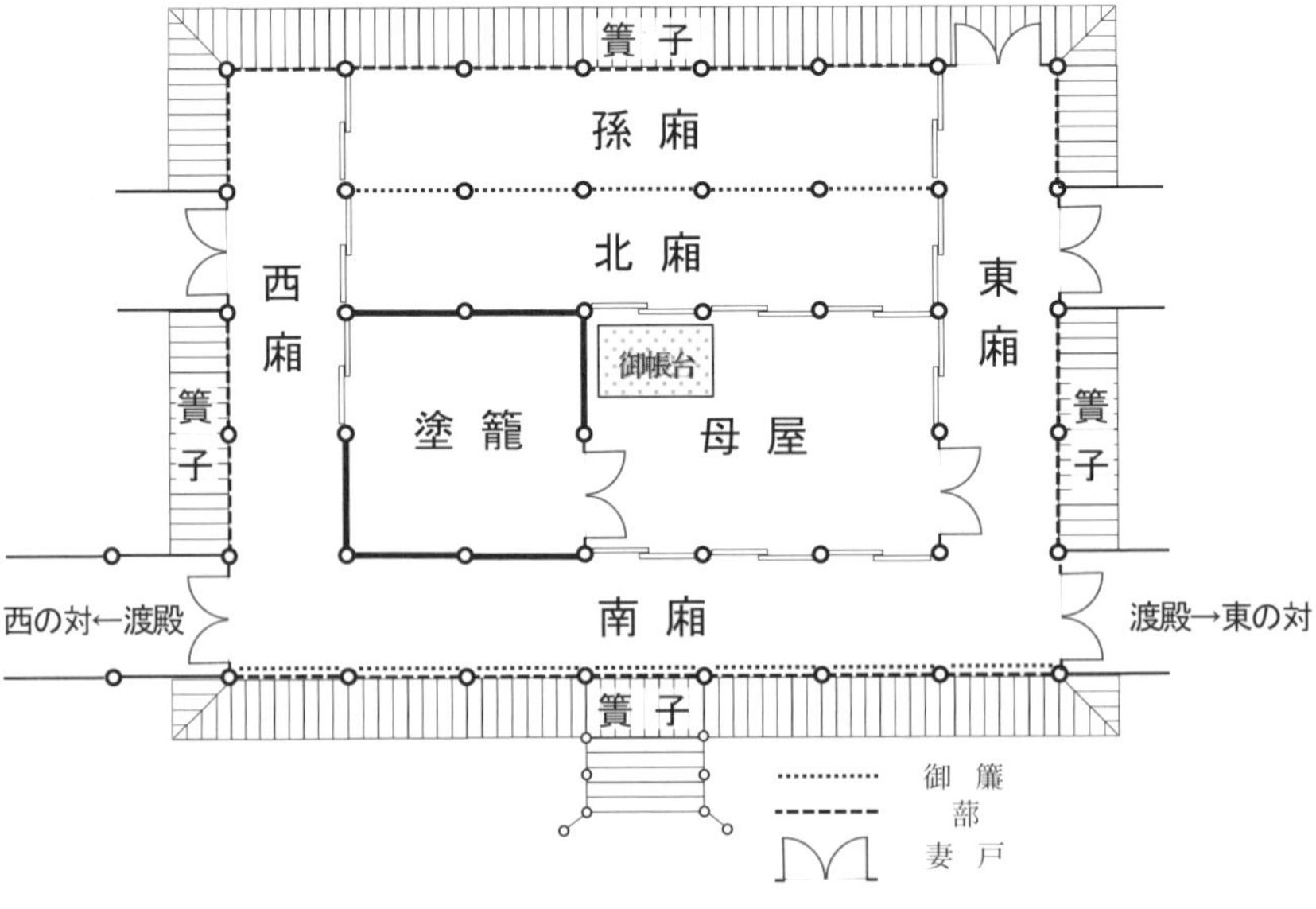

去年の　九月九日に
映《は》えへん生絹《すずし》　包んでに
献上《さしあげ》た菊　そのままで
同じ柱に　半年も
長期《なご》飾ってた　それ外《はず》し
薬玉に換え　捨てるんや

この薬玉も　置いといて
九月が来たら　交換《かえ》るのに
皆がその糸　引き抜いて
他の結《ゆ》わえに　使うんで
直無《じきの》うなって　仕舞うんや

【生絹《すずし》】
練らない生のままの絹
糸で織った布

中宮様《はん》に　節句膳
差し上げた後《あと》　若女房《にょぼ》ら
菖蒲挿櫛《しょうぶさしぐし》　頭挿《さ》し
邪気祓い云《ゆ》て　髪に付け
唐衣《からぎぬ》・汗衫《かざみ》　なんかへも
良《え》え枝折って　付けたりし
菖蒲《しょうぶ》の長い　根えとかに
斑濃《むらご》組紐（濃淡染め）　これ使い
結び付けたり　するのんや

【唐衣《からぎぬ》】
・正装の際、十二単《ひとえ》の最も外側に裳と共に着た袖の幅の狭い短衣
・上から順に、唐衣・裳・表着《うわぎ》・打衣《うちぎぬ》・袿《うちき》・袴・単衣《ひとえ》（肌着）

【汗衫《かざみ》】
・男女共に着る汗取りの単衣《ひとえ》の短衣
・童女などの上着となることもある

これ毎年の　ことなんで
何《なん》も珍し　あらへんが
風情《ふぜえ》があって　興趣深《おもしろ》い

桜毎年　咲くのんで
「桜なんかは　別に」とか
言《ゆ》う人なんか　居らんやろ
これと同《おんな》じ　ことやがな

外歩いてる　子供らで
自分着る着物《ふく》　その中の
これが一番　思うてに
飾った袂《たもと》　じいっと見
他人《ほか》のと比べ　嬉しいて
(これ良《え》えなぁ)と　思てるに
悪戯《ふざけ》　小舎人童《こどねり》らに
袂《たもと》なんかを　引き取られ
泣き出すのんは　滑稽《おっか》しい

紫色の　紙とかに
梅檀《せんだん》の花　包んだり
菖蒲《しょうぶ》の葉とか　青紙に
細うに巻いて　結んだり
白紙とかに　菖蒲《しょうぶ》根の
白いん使《つこ》て　引き結ぶ
そのどれも皆　風流や

【小舎人童《こどねり》】
・公卿などが召し使った童子
・牛車の先などに立つ

非常《えろう》に長い　菖蒲根《しょうぶ》を
入れた手紙を　見る女房《にょぼ》の
華やぐ気持ち　良《え》えもんや

返事を書こと　相談《はなしあ》い
仲良《え》ぇ同士　その手紙
見せ合い為《す》んも　興趣深《おっかし》い

良《え》え家とかの　姫君《ひめさん》や
高貴な人に　出そ思い
中宮様《みやはん》思う　文とかを
書いてる女房《にょぼ》の　気持ちかて
今日は何《なん》と無《の》　弾んでる

夕暮れ時分　ホトトギス
一声挙げて　鳴いて行《く》ん
これら皆々《ぜんぶ》　感じ良《え》ぇ

（三十六段）

非常暑《ごっつう》い　夏のこと
夕涼みとか　する時分
暗《くろ》なって来て　物とかが
ぼんやりとしか　見えん時
前駆《さきがけ》させる　身分での
男牛車《おとこぐるま》も　そうやけど
そや無い身分《み》ぃの　者《もん》かても
後ろの簾とか　上げさして
二人や一人　それに乗り
走って行くん　涼し気や

その上琵琶を　弾いてたり
笛の音とかも　聞こえ来て
見てみたいなぁ　思うけど
通り過ぎるん　がっかりや

そんな時かて　牛繋ぐ
鞦《しりがい》とかの　その匂い
あんまり嗅ぎと　無いんやが
何《なん》や良《え》えなぁ　思うんは
変なもんやで　阿保みたい

月の出てない　暗い夜に
前に点《とも》した　松明《たいまつ》の
煙の香り　牛車《くるま》中
漂《ただよ》て来《く》るん　感じ良《え》え

（二百十段）

【鞦《しりがい》】牛車《ぎっしゃ》の轅《ながえ》を固定させるために、牛の尻に掛ける紐

※轅《ながえ》
・牛車の前方に長く差し出した二本の棒
・前端に軛《くびき》（横木）を渡し牛に引かせる

非常《ごっつう》暑い　昼とかに
扇の風も　生温《ぬる》て
どしたら良《え》えか　考えて
氷水とか　手ぇ浸し
持って燥《はしゃ》いで　居る時に
真っ赤な薄様《うすよう》（薄い和紙）　文とかを
唐撫子《からなでしこ》の　立派《よう》咲いた
花に付けたん　持って来た

この暑いのに　書いたんは
その気浅無い　推量《おも》われて
氷手に持ち　ながらでも
離さんといた　扇さえ
忘れて下に　置いて仕舞《ま》う

（百八十五段）

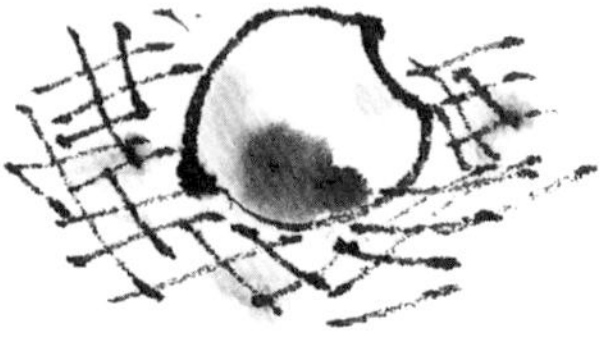

七月　風が　強《つよ》吹いて
雨が音繁《し》げ　降る日ぃは
そこら大抵　涼しぃて
扇使うん　忘れるで

そんな涼しい　夏の日は
ちょっと汗臭《くさ》　綿入れの
薄いん被《かぶ》り　昼寝すん
これも結構　良《え》えもんや

（四十一段）

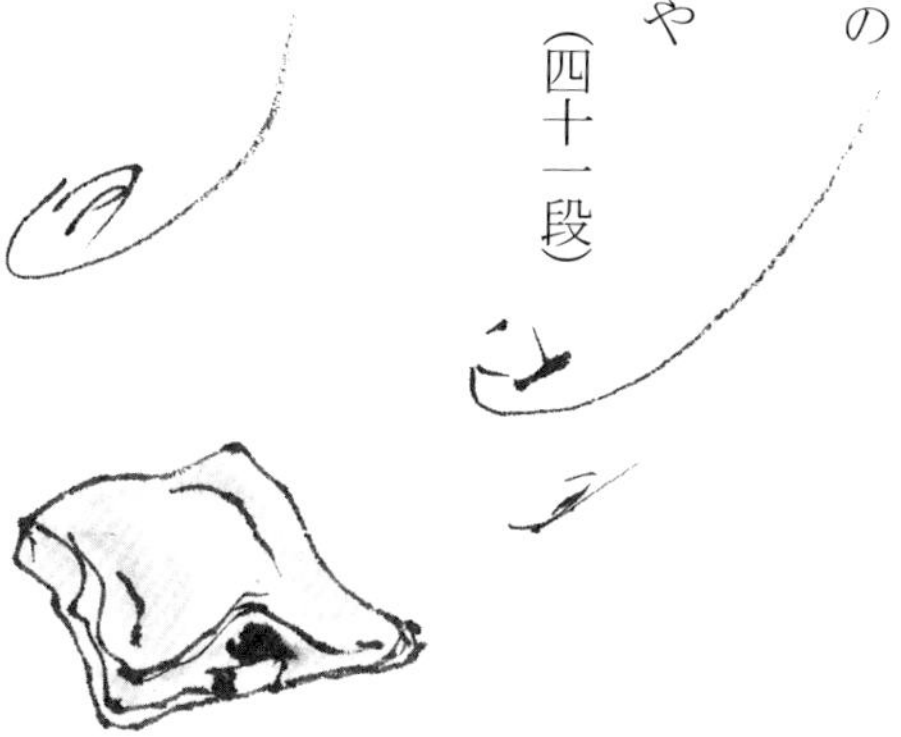

賀茂の神社へ　行く道で
田植えしてるか　女らが
新し折敷《おしき》　みたいんを
笠に被《かぶ》って　大勢《ようけ》して
立って歌とか　唄《うと》てから
体を前に　倒してに
何をするんか　後退《あとず》さる
（何しとるんや　滑稽《おっかし》な）
思て見てたら　その歌は
ホトトギスをば　馬鹿にして
唄《うと》てるやんか　腹立つわ

【折敷《おしき》】檜の片木《へぎ》で作った角盆

「くそほととぎず　こらお前
お前気楽に　鳴いてるが
私《わて》ら田植えで　仕事やで」
とか唄《うと》てるん　私《うち》聞いて
思い出《だ》したで　誰やろな
『そない鳴きな』て　詠んだ人
宇津保物語《うつぼかたり》の　主人公《しゅじんこ》の
仲忠《なかただ》育ち　貶《けな》すんと
このホトトギス　鶯に
劣るやなんて　言《ゆ》う人《やつ》は
真実《ほんま》嫌いや　憎らしい

（二百十二段）

【そない鳴きな】
霍公鳥《ほととぎす》
激《いた》くな鳴きそ
ひとり居《い》て
眠《い》の寝らえぬに
聞けば苦しも
—万葉集—

【宇津保物語】

・序　清原俊蔭《としかげ》の漂流
遣唐使俊蔭《としかげ》、波斯国《ペルシャ》に漂流
天人から琴の秘曲伝授
帰国後、娘に秘曲伝授
娘、藤原兼雅と出会い仲忠を生む
その後、落ちぶれた娘は
　大杉の洞窟《うつほ》に住み仲忠に秘曲伝授
やがて、母子は兼雅と再会

・第一部　貴宮《あてみや》をめぐる求婚争い
絶世の美女貴宮《あてみや》に男大勢が求婚
仲忠と源涼《すずし》、見事な琴の勝負
貴宮《あてみや》、春宮に入内

・第二部　皇位継承争い
仲忠の妻・女一宮、娘・犬宮《いぬみや》を生む
皇位継承争いの後、貴宮《あてみや》の皇子東宮に

・第三部　琴の伝授と仲忠一族の繁栄
仲忠、娘の犬宮へ秘曲を伝授
犬宮、嵯峨院と朱雀院に琴の腕披露
後、音楽により仲忠一族繁栄

八月の末日《すえ》　太秦《うずまさ》に
参りに行って　見とったら
穂おの実った　田圃《たんぼ》見て
大勢《ようけ》の人が　騒いでて
何《なん》や稲刈り　する様や

『早苗《さなえ》持った手　いつの間に』
と古歌《うた》とかで　詠《よ》う様に
この前賀茂に　行った時
田植え見たのに　今はもう
稲刈る時か　思うたら
何《なん》やしみじみ　してくるわ

【早苗《さなえ》持った手】
昨日こそ
早苗とりしか
いつの間に
稲葉そよぎて
秋風の吹く
―古今集―

今度は　男どもやって
真っ赤な稲の　その根元
青い所《とこ》持ち　刈っとぉる
何《なん》か分らん　物《もん》使こて（鎌らしい）
根元切ってん　簡単《たやす》そで
やってみたいな　思うたで
何《なん》でするんか　分らんが
刈った穂おとか　下に敷き
並んでそれに　座ってん
何《なん》やら風情《ふぜえ》　思えたわ
仮小屋とかも　良かったで

（二百十三段）

九月時分に　夜中中《じゅう》
降ってた雨が　朝に止《や》み
朝日鮮やか　差し込んで
庭の植え込み　置いた露
零《こぼ》れる程に　濡れてんは
何《なん》とも言えん　風情《ふぜえ》やで

透垣《すいがき》上の　羅紋《らんもん》や
軒上張った　蜘蛛の巣の
破れ残って　居るのんに
降って掛かった　雨とかが
真珠《しらたま》繋いだ　みたい見え
趣《おもむき》あって　興趣深《おもしろ》い

【透垣《すいがき》】竹や板などで間を透かして作った垣

【羅紋《らんもん》】透垣《すいがき》などの上部に、細い竹や木を菱形に組んで飾りとしたもの

日ぃがもちょっと　高《たこ》なると
重た気《げ》してた　萩とかの
枝に乗ってた　露落ちて
誰も触《さわ》って　居らんのに
ふと上がるんは　興趣深《おもしろ》い
とかいろいろの　興趣深《おもろい》を
(何《なん》やそんなん　興趣深《おもろ》ない)
と思う人　居るやろう
それを思たら　また興趣深《おかし》

(百二十六段)

物見行くなら　もうこれや
臨時の祭りや　行幸《みゆき》とか
賀茂斎院の　戻りとか
関白様《はん》の　賀茂詣で

賀茂の臨時の　祭り時
空が曇って　寒うてに
雪とかちょっと　降っとって
挿頭《かざし》の花や　舞人《まいびと》の
青摺り袍《ほう》に　懸かってん
（正装時の上着）
何《なん》とも言えん　趣《おもむき》や

【臨時の祭り】
十一月の賀茂神社の祭りと三月の岩清水八幡宮の祭り

【賀茂斎院の戻り】
賀茂祭の当日、紫野の野の宮に居た斎宮が賀茂神社に参り、そこで泊まって翌日、紫野に帰る行事

【関白の賀茂詣】
賀茂祭の前日に関白が賀茂神社に参る行事

舞人《まいびと》佩《は》いてる　太刀とかは
鞘がくっきり　黒うてに
先は毛皮が　巻いたって
斑《まだら》模様で　太《ふと》見える
太刀《それ》に半臂《はんぴ》の　紐とかの
磨いた様《よ》なん　掛かるとか
地摺《じずり》り袴の　中からに
砧《きぬた》で打った　光沢《いろつや》が
（氷やろか）と　びっくりに
見えるん全部　恰好良《かっこえ》え

【青摺り袍《ほう》】
賀茂の臨時の祭りに奉仕する舞人が着る、模様を青く摺りだした袍（上着）

【半臂《はんぴ》】
袍《ほう》と下襲《したがさね》の間に着る袖無しの胴着

【地摺《じずり》り】
型紙などで生地に文様を摺り染めたもの

【砧《きぬた》】
布地を打って、艶《つや》を出したり柔らかくするのに使う木槌や石の台

、もちょっと大勢《ようけ》　行列に
人が居ったら　良《え》えけども
勅使担《にな》うん　常時《いついつ》も
身《み》分高い人と　限らんで
受領《ずりょう》なんかが　するのんは
見栄えも為《せ》んで　嫌やけど
挿頭《かざし》に藤花　挿しとって
顔隠れてん　まあ良《え》えか

【勅使】
天皇の意思を伝える使者

【受領《ずりょう》】
・遥任国守に代り、任地に赴き政務を行う事実上の国守
・中下級貴族が多く搾取により富を蓄えた
※遥任国守
任じられたが赴任せず在京した国守

【陪従《べいじゅう》】
賀茂の祭りなどで、舞楽の舞人に付き従う楽人

そんな行列《ほんたい》　行った後
身分の低い　陪従《べいじゅう》が
品無い　柳襲《やなぎがさね》着て
挿頭《かざし》に山吹花《やまぶき》　挿してんは
何《なん》や見劣り　するけども
泥障《あおり》を高《たこ》う　打ち鳴らし
「神の社《やしろ》の　木綿襷《ゆうだすき》」
と謡《うと》てたん　良かったわ

【柳襲《やなぎがさね》】
・表は白、裏は青の色目の襲
※襲色目
表の色と裏の色を透かせ合わせて色を出す

【泥障《あおり》】
泥跳ねを防ぐため、馬の両脇や腹に覆い垂らすもの

【神の社《やしろ》の】
ちはやぶる
神の社《やしろ》の
木綿襷《ゆうだすき》
一日《ひとひ》も君を
心懸《か》けぬ日はなし
―古今集―

行幸《みゆき》はこれに　並ぶもん
他に何ある　最高や
行幸《みゆき》で帝が　お御輿《みこし》に
乗ってはるんを　見とったら
明け暮れ御前《まえ》で　お仕えし
見てたお方と　思えんで
神々しいて　ご立派で
この上も無《の》う　素晴らしい

普段《いつも》は何《なん》とも　思わへん
某所《なんとかどこ》の　司《つかさ》とか
姫大夫《ひめもうちぎみ》　それかても
気高《けだ》こて珍し　思えんや

御綱《みつな》の次官《すけ》の　中・少将
これらも立派　見えとって
近衛大将　これなんか
誰より特に　素晴らしい
近衛府に居る　人ららは
何《なん》ちゅうたかて　一番や

【姫大夫《ひめもうちぎみ》】
普段は只の女官だが、天皇のお出かけに馬に乗りお供をする童女で、仮に五位を貰えた

【御綱《みつな》の次官《すけ》】
行幸の際、輿の綱の傍に付く役目を担う

【近衛大将】
近衛府の長官
※近衛府＝皇居を警固し、儀式では威儀に備え、行幸には供奉し警備した武官の役所

今　ふと思い出したけど
五月の節会《せちえ》　これなんか
世に比べるん　無いくらい
優雅やったて　云《ゆ》うこっちゃ

せやけど今は　為《せ》んのんで
何《なん》やら惜しゅう　思うんや

昔話《むかしばなし》に　人言《ゆ》んを
聞いたんあれこれ　思うたら
真実《ほんま》はどんな　良かったか

その日ぃどうか　云《ゆ》うたなら
御殿《ごてん》の屋根に　菖蒲《しょうぶ》葺き
宮中常時《だいりいつも》　良えけども
この日は特に　素晴らして

帝が態々《わざわざ》　出て来はる
武徳殿《ぶとくでん》での　あちこちの
桟敷《さじき》に菖蒲《しょうぶ》　葺き並べ
皆々　菖蒲鬘《しょうぶかずら》着け
菖蒲《あやめ》の女蔵人《くろど》　これなんか
良《え》え容貌《かお》のだけ　選んでに
帝が薬玉　下賜《くだ》さると
拝んでそれを　腰着ける

これはどんなん　やったやろ
思たら何《なん》や　ワクワクや

【武徳殿《ぶとくでん》】
内裏の外の大内裏の西側にある建物

【女蔵人《にょくろうど》】
宮中で奉仕する下級の女房で、雑用を務める

「夷《えびす》の家《や》移り」 とか云《ゆ》うて
蓬《よもぎ》射掛ける とか為《す》んは
馬鹿バカしいて 滑稽《おっかし》い

帝お戻りの 御輿《こし》の前
獅子や狛犬《こまいぬ》 恰好《かっこ》した
舞人《まいびと》そこで 舞《も》うたらし

(あぁ良《え》えなぁ)て 見てる時
そこホトトギス 聞こえんは
季節に合《お》うて 他何《なん》も
比べられへん 気ぃするで

【夷《えびす》の家《や》移り】
征服された夷《えびす》が住み所を追われ、家来にまで矢を射掛けられる滑稽劇

話行幸《みゆき》に 戻るけど

行幸《みゆき》は非常《ごっつ》 良《え》えけども
もの足らんのは 公達《きんだち》が
牛車綺麗《くるまきれえ》に 飾り付け
混み合《お》て南北 走らすん
これの無いのん 口惜《くや》しがな

そんな牛車《くるま》が 押し合《お》うて
割り込んだり為《す》ん これなんか
どんな人《ん》乗って 居るんかと
思てドキドキ するのんや

賀茂の祭りで　齋院が
紫野へと　戻る時
これは真実《ほんま》に　素晴らしい

昨日《きのう》の祭り　本番は
全部きっちり　進行《すすん》でて
広い一条　大路とか
綺麗《きれえ》に掃除　されとって
日差し暑うて　牛車《くるま》中
差し込む光　眩《まぶ》しいて
扇で顔を　隠したり
座り替えして　長時間《ながいこと》
待ってるのんも　苦しいて
汗とか掻いて　居ったけど

今日は朝早よ　出て来たら
雲林院《うりんいん》とか　知足院《ちそくいん》
そこら駐《と》めてる　牛車《くるま》では
葵や桂　靡いてる

日ぃ昇ったが　曇っとり
大層《えろ》ホトトギス　聞きとうて
寝やんと起きて　待ってたら
(うわぁ多数《ぎょうさん》)　思うほど
鳴き立てるんは　良《え》えけども
それに混じって　鶯が
老いぼれ声で　真似仕様《しよう》と
一生懸命　鳴くのんは
何《なん》や憎らし　思うけど
まあこれかても　興趣深《おもしろ》い

まだかまだかと　待ってたら
上《かみ》の社《やしろ》の　辺《あた》りから
赤い狩衣　着てる人《ん》が
連れ立ちこっち　来るのんで
「行列どうや　まだかいな」
とか待ち遠《ど》うて　聞いたなら
「まだ当分は」　とか言《ゆ》うて
御輿を持って　戻ってく

（御輿《あれ》に齋院　乗りはんや）
思たら何《なん》や　気《け》高うて
何《なん》であないな　下司《げし》とかが
傍付いとんや　ぞっとする

【下司《げし》】
身分の低い官人

（まだ当分は）　言《ゆ》うてたが
ほど無《の》う戻る　行列が
向こうの方に　見えて来た

付いて従う　女官らの
扇を始め　その着てる
青朽葉色《あおくちば》衣装《ふく》　綺麗《きれ》やって
蔵人所《くろうどどこ》の　役人の
青色袍《ほう》に　ほんちょっと
（正装時の上着）
白襲《しろがさね》の裾《きょ》　掛けてんは
（下襲の裾）
卯の花垣《かき》根に　似ておって
ホトトギスかて　その陰に
隠れて仕舞《ま》うか　思うほど

昨日《きのう》は見物　して居って
牛車《くるま》一つに　大勢《ようけ》乗り
二藍直衣《ふたあいのうし》　指貫《さしぬき》や
（紅色がかった青色）
狩衣とかを　着崩して
簾うとか下し　めちゃくちゃに
燥《はしゃ》ぎ込んでた　公達《きんだち》が

行列済んだ　後でする
齋院垣下《えんが》　呼ばれてて
束帯とかで　威儀正し
今日は牛車《くるま》に　一人づつ
つくねん座り　その後ろ
可愛《かい》らし　殿上童《てんじょうわらわ》とか
（作法見習いの童）
乗せてるのんは　見物《みもの》やわ

【指貫《さしぬき》】
・袴の一首
・裾口に刺し通した紐を括《くく》り、足首の所で結ぶ様にしたもの

【狩衣】
公家が常用した略服

【垣下《えんが》】
饗応の時に正客の相伴（相手をし自らも供用うを受ける）をする役

【束帯】
男子が参内する際の正式の服装

行列行った　その後は
早よう帰ろと　焦るんか
我れも我れもと　争うて
危なしかって　怖いほど
前に出ようと　急ぐんで
「そんな急《せ》きな」と　言いながら
扇を出して　止めるけど
誰も聞かんで　困ったわ

やっと抜け出し　広い所《とこ》
そこで牛車《くるま》を　無理矢理に
停めさせたんで　供らは
（何《なん》でや）思て　居ったけど
後ろに続く　いろいろな
牛車《くるま》見てるん　興趣深《おもしろ》い

誰が乗ってる　分らへん
男牛車《おとこぐるま》が　私《うち》らの
後から付いて　来るのんを
何《なん》や興趣深《ええなあ》　思てたら
道の別れに　来た時に
「峰に別るる」　とか言《ゆ》たん
これは真実《ほんま》に　良かったわ

【峰に別るる】
風吹けば
峰に別かるる
白雲の
絶えてつれなき
君がこころか
――古今集――

気ぃ昂《たかぶ》って　冷《さ》めんので
齋院とかの　鳥居まで
行って中見る　時もある

内侍《ないし》の牛車《くるま》　帰る時
大層《えろう》混雑　するのんで
違う道から　帰ったら
山里めいて　大層《えろ》良うて
「卯《う》つ木《ぎ》垣根」（卯の花）て　云《ゆ》う木ぃが
非常《ごっつ》荒っぽ　茂ってて
突き出た枝は　多《お》いのんに
まだ花とかは　開かんで
蕾ままなん　折り取らせ
牛車《くるま》のあちこち　挿したんは
葵や桂　萎《しぼ》んでて
貧弱《みすぼら》しいに　見えたんに
代わって興趣深《ええなあ》　思えたわ

【内侍《ないし》】
天皇の傍に仕えて、取次、礼式・雑事などをする内侍司の女官

大層《えろう》狭うて　牛車《くるま》とか
とても通れん　思た道
近付き傍へ　行ったなら
そうでも無《の》うて　通れたん
これも真実《ほんま》に　良かったで

（二百八段）

正月一日　それの日と
三月三日　その日ぃは
ほんまうららか　日ぃやった
五月五日は　曇ってて
七月七日　この日ぃは
昼間曇って　夕に晴れ
夜は月光《つきかげ》　明るうて
星数数多《ようけ》　見えたんや

九月九日　この日ぃは
明け方雨が　ちょっと降り
菊に露大量《よけ》　降りたんで
被《かぶ》してた綿《わた》　酷《えろ》濡れて
花の移り香　強なった

雨は早朝《あさはよ》　止《や》んだけど
まだ曇っとり　ひょっとして
また雨になる　その感じ
何《なん》や風情で　良かったわ

（七段）

【被《かぶ》してた綿《わた》】
九月九日の重陽《ちょうよう》の節句の習慣《ならわし》で、菊の花に真綿を被せて霜よけとし、その香と露とを移して身を拭うと命が延びるとされた

第二章

世は政争の確執続き

摂関政治　確立目指し
安和《あんな》の変で　源高明《たかあき》排除《のぞ》き
他氏排斥が　完了するや
藤原一族　暗闘続く

弟《おとと》藤原兼家《かねいえ》　追い落すべく
兄の藤原兼通《かねみち》　兼家《これ》親しきの
左大臣《ひだりおとど》の　源兼明《かねあきら》をば
その官《かん》職解《と》きて　皇籍戻し
親王宣下《せんげ》　これ為したるも
宣下為すのは　幼少なるに
既にその年齢《とし》　六十四歳《ろくじゅし》なれば
老齢《としより》稚児の　様《さま》かと見えし

一旦兼通《かねみち》　優位に立つも
やがてに死して　世は兼家《かねいえ》に

遠祖藤原良房《よしふさ》　図りて遂げし
わが娘《こ》内裏へ　入内《じゅだい》をさせて
生《な》した我が孫　帝《みかど》と為《せ》しの
昔に倣《なら》い　今世《いまよ》に再度《また》と
兼家娘《かねいえこ》をば　円融《えんゆう》帝の
女御と為して　その生みし子を
後に一条　帝《みかど》と為せり
孫の一条帝《みかど》に　この兼家《かねいえ》は
源兼明の宣下の　その有様を
「我れ《それ》の所為《せい》にて　源兼明《かねあきら》様
斯かる姿に　なられし」とをば
折に触れてぞ　語りて居りし

【安和の変】安和二年（969）

・冷泉天皇が病弱のため早期の東宮決定に際し、同母弟の年長為平《ためひら》親王立つべしを末弟守平《もりひら》親王（後の円融天皇）が立った

・為平親王妃が源高明の娘のため高明の勢力伸長を危惧した藤原氏策略

・これを良しとしない勢力の蜂起の背後に高明在りとされ大宰権帥に左遷された事件

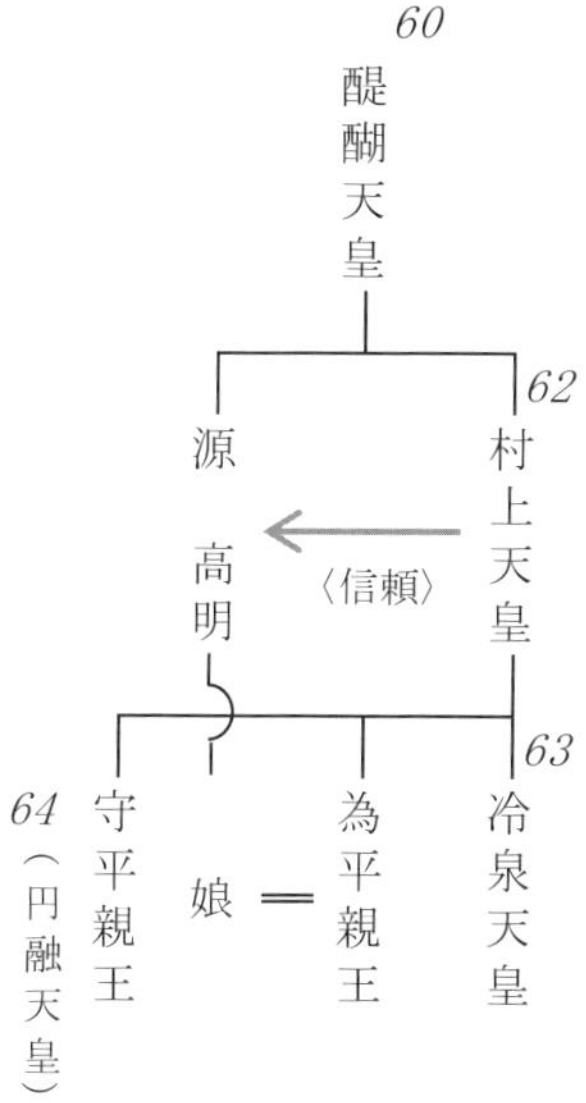

御形宣旨《みあれせんじ》が　帝《みかど》にと
（女官の名）　（一条天皇・七歳）
殿上童《てんじょわらわ》の　人形の
五寸ばかりの　可愛《かい》らしん
綺麗衣装《きれえふく》着せ　角髪《みづら》結て
中に名ぁ書き　持って来た
名を　《兼明大君《ともあきら》》と
（「かねあきら」と云うを避けた？）
書いたるそれを　見た帝《みかど》
「これ愉快《おっかし》」て　燥《はしゃ》いだで
（百七十八段）

【殿上童《てんじょうわらわ》】
宮中の作法を見習うために殿上に仕えさせた子供

【角髪《みづら》】
髪を頭の中央から左右に分けて下ろし、両耳の辺りで輪のようにして束ねて緒で結ぶ、少年の髪形

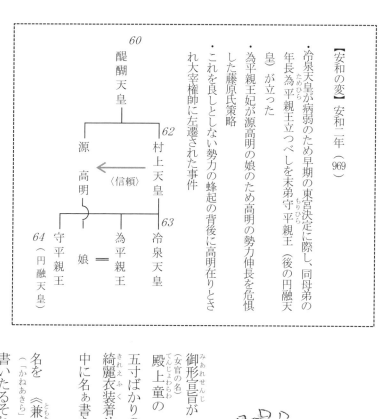

円融《えんゆう》帝が　位を譲り
花山《かざん》の帝《みかど》　即位を為すに
血縁《つながり》薄き　兼家《かねいえ》干され
花山帝叔父《その》藤原義懐《よしちか》　補佐役となり
やがて関白　見込まれ居しも
寵愛女御《にょご》を　亡《な》くせし花山帝《てい》が
嘆くを今と　兼家《かねいえ》画策《さく》し
花山帝《てい》　唆《そそのか》し　出家に誘う
謀《はか》られたかと　義懐《よしちか》気付き
駆け付けたるも　遅きに失し
その場で義懐《よしちか》　後追い出家

小白河殿　云《ゆ》うのんは
小一条大将《たいしょ》の　邸《いえ》の名で
(藤原済時・四十六歳)
そこに上達部《かんだち》　集《つど》て来て
結縁八講《けちえんはっこ》　あったんや
世間《みんな》尊い　ことや言《ゆ》て
「遅う行ったら　牛車《くるま》とか
　立てる場所《とか》とか　あれへんで」
言《ゆ》んで朝露　置かん間に
早よ起き来たに　これ何《なん》や
びっちり詰めた　轅《ながえ》列
(牛繋ぎの枠棒)
そこにまたまた　轅《ながえ》乗せ
何《なん》とか説経《はなし》　聞けるんは
三列目ほど　までやった

【小白河殿】
賀茂川以東、粟田口以北の地を白河と云いそこにあったでこう云う

【結縁八講《けちえんはっこう》】
仏と縁を結ぶため僧を迎えて行う八講
※八講＝法華八講
『法華経』八巻を朝座・夕座に分け一巻づつ四日間に八人の講師により読誦・供養する法会

その日は六月　十日過ぎ
例無《の》う暑い　日やったが
池の蓮花　見渡せる
そこいら辺《あた》り　涼しそう
左大臣《ひだりおとど》と　右大臣《みぎおとど》
それを除いた　上達部《かんだちめ》
来てへん人《のん》は　無かったで
皆　二藍《ふたあい》（紅色がかった青色）の　指貫《さしぬき》に
直衣《のうし》（平常服）の姿《なり》の　人らで
下に浅葱《あさぎ》（薄い藍色）の　帷子《かたびら》の
透《す》けたん着てて　控えてる

【帷子《かたびら》】
・裏の付けていない布製の衣服
・夏に直衣《のうし》の下に着る

ちょっと年上　人らは
青鈍色《あおにび》（青みがかった薄藍色）の　指貫《さしぬき》に
白い袴の　姿《なり》してて
これもまたまた　涼しげや
佐理宰相《すけまさ》（四十三歳）　とかも居り
皆若《みんなわこ》うに　装《よそお》うて
法会尊い　その上に
これも見物《みもの》や　良かったで
廂間《ひさしま》の簾ぅ　高《たこ》う上げ
長押《なげし》の上に　上達部《かんだちめ》
奥の方《ほ》向こて　長々と
列を作って　並んでる

【佐理宰相《すけまさ》】
・藤原佐理
・小野道風・藤原行成と並ぶ三蹟（能書家）の一人
※宰相＝参議の唐名

【廂間《ひさしま》】
母屋の四囲に回らした下屋の部分に作った部屋

【長押《なげし》】
母屋と廂の境の柱の上部（上長押）と下部（下長押）に横に渡した水平材

隣の間には　殿上人《てんじょびと》
若い公達《きんだち》　なんからが
狩装束や　直衣《のうし》とか
洒落た着こなし　してるけど
落ち着かへんか　あちこちと
ウロウロしとん　興趣深《おもしろ》い

兵衛の佐《すけ》の　実方《さねかた》や
（藤原実方・済時の甥・三十歳前）
長明侍従《ちょうめいじじゅ》は　この家の
（藤原相任・済時の子・十五か十六歳）
人やで出入り　慣れとって
元服前の　若君《わかはん》も
可愛《かい》らし姿　見せとおる

ちょっと日高《たこ》う　なった時
今は関白　なってはる
（藤原道隆・中宮定子の父・三十四歳）
三位中将　そのお方《ひと》

丁子《ちょうじ》で染めた　羅《うすもん》（薄絹）の
二藍直衣《ふたあいのうし》　着てからに
（紅色がかった青色）
二藍織物《ふたあいおり》の　指貫《さしぬき》と
濃い蘇芳色《すおいろ》の　下袴
（紫がかった紅色）
それにビシッと　白色の
艶《つや》ある単衣《ひとえ》　着はってに
部屋に入って　来たのんや
皆《みんな》涼しい　姿《なり》やのに
暑苦し姿《なり》　してるけど
大層《えろう》立派に　見えたんや

【丁子染《ちょうじ》】
丁子を原料とした染め物で、色は茶色

【下袴】
指貫《さしぬき》袴の下に着る肌袴

【単衣《ひとえ》】
装束の一番下に着る裏地のない衣類

扇の骨は　朴《ほお》の木や
塗骨《ぬりぼね》とかで　違うけど
皆《みんな》が赤《あこ》う　張ったある
扇使こたり　持ってんは
撫子沢山《ようけ》　この場所《とこ》に
咲いてるみたい　見えたがな

まだ講師《こうじ》はん　来ん内は
懸盤《かけばん》(お膳)とかが　出されてて
何乗っとるか　見えんけど
皆で何《なん》かを　食うとおる

【朴《ほお》の木】
・モクレン科の落葉高木
・材は柔らかく黄色を帯びている

【塗骨《ぬりぼね》】
扇などの漆塗りの骨

【講師《こうじ》】
法会で経を講じる任に当たる高僧

義懐様《よしちかはん》の　中納言
(藤原義懐・藤原伊尹の五男・三十歳)
平生《いつも》よりも　その姿《なり》が
大層《えろう》立派に　見えてたで

華や色合い　匂う様《よ》な
他で見られん　帷子《かたびら》を
まるで直衣《のうし》を　一つだけ
着てるみたいに　着こなして
頻り女牛車《くるま》の　方見てに
話なんかを　してる姿《なり》
(立派《ええ》な)思わん　人は無い

そこに後から　来た女牛車《くるま》
駐《と》める隙間が　無いのんで
池の傍寄せ　駐《と》めたんや

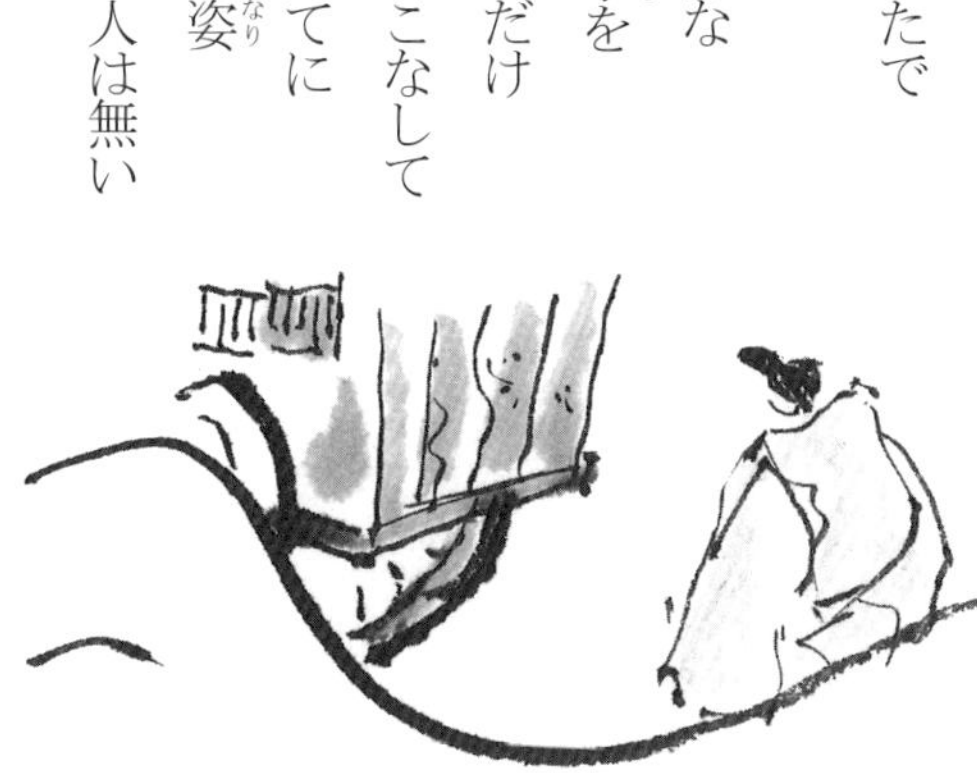

それ見た義懐《よしちか》　実方《さねかた》に
「巧妙《うま》いこと言人《ゆん》　一人呼べ」
言《ゆ》たんで実方《さねかた》　人選び
そこの場所にと　連れて来た

「何《なん》て声掛け　仕様《しょう》かな」と
言《ゆ》うて傍居る　人らで
相談《はなしあい》して　行かしたが
何言《ゆ》わしたか　分かれへん

女牛車《くるま》の方へ　その使者《つかい》
大層《えろう》張り切り　行くん見て
義懐様《よしちかはん》が　笑《わろ》うてる

女牛車《くるま》の後ろ　近寄って
使者《つかい》何《なん》やら　言《ゆ》うた後《あと》
そのままそこに　立っとおる

それ見とったか　義懐《よしちか》が
「先方《さき》は和歌《うた》など　詠んでるか
兵衛佐《ひょうえ》(藤原実方)返歌《かえし》を　用意《よい》しとけ」
と言《ゆ》いながら　笑《わろ》うてる

何を先方《むこう》が　言《ゆ》うかなと
その場に居った　皆々《みんなみんな》
年齢《とし》食た上達部《かんだち》　それまでも
女牛車《くるま》の方を　見て居って
ほんま関わり　無い者《もん》も
そっち見てたん　滑稽《おっか》しい

返事貰ろたか　その使者《つかい》
歩き戻ろと　したんやが
女牛車《くるま》中から　扇出し
何《なん》や（戻れ）て　呼んどぉる

直ぐ呼び返す　とか為《す》んは
和歌《うた》の文句を　詠み違《ちご》て
直そ思《も》うしか　あれへんな

そやけど大層《えろう》　長時間《ながい》こと
思案しとって　その挙句
それまた直す　そら無いで

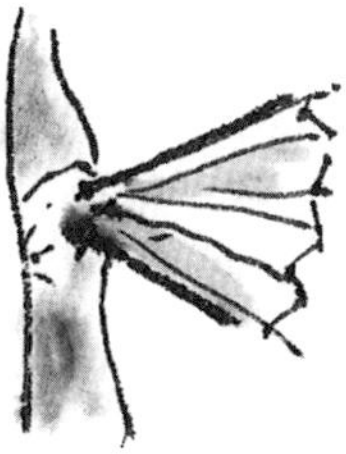

戻る使者《つかい》を　待ち切れで
「どないやったか　どやった」と
皆尋《たん》ねたが　答えんと
義懐様《よしちかはん》の　使者《つかい》やで

そこの前行き　意気込んで
報告仕様《へんじしよう》と　したけども

三位中将　傍来てに
(藤原道隆)
「早よ言《ゆ》わんかい　何してる
上手《うも》言《ゆ》お思て　間違うな」

言《ゆ》たけど使者《つかい》　首振って
「何《なん》やら訳が　分らへん
言《ゆ》ても間違い　思うやろ」
と言《ゆ》うてんが　聞こえ来た

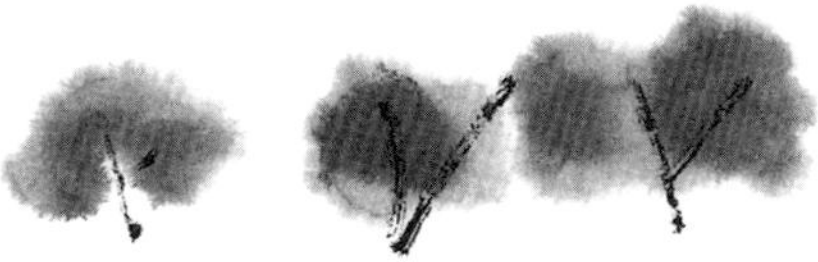

藤大納言　誰よりも
（藤原為光・藤原師輔の九男・四十五歳）
一生《いっしょ》懸命　覗き込み
「どない書いたる」　とか言《ゆ》んで
三位中将　仕様《しょう》ないと
（藤原道隆）
「真っ直ぐな木ぃ　曲げ様《よ》して
折って仕舞《も》た様《よ》な　もんですわ」
言《ゆ》うたら藤大納言《なごん》　笑《わろ》たんや

それに釣られて　居った皆
大笑いした　その声は
あの女牛車《くるま》まで　届いたか

そこで義懐《よしちか》　使者《つかい》にと
「呼び返される　その前は
何《なん》て言《ゆ》うてた　先方《あちらはん》
これは直した　後やろが」

訊《き》かれたのんで　この使者《つかい》
「長時間《なごう》に立って　待ったけど
何《なん》も言《ゆ》われん　ままなんで
『そんなら帰る』　言《ゆ》うてから
戻ろ思たら　また呼んだ」
と経緯《あったこと》　返事した

聞いた義懐《よしちか》　首傾《かし》げ
「誰乗ってんか　あの女牛車《くるま》
誰か知らんか」　言《ゆ》てからに
怪訝《おっかし》思て　その後で
「そんなら次は　此方《こっち》から
和歌《うた》詠んだろか」　言《ゆ》てる内
講師《こうじ》が壇《だん》上に　登ったで
皆席戻り　静かなる

講師《こうじ》ばっかり　見てる内
掻き消すみたい　その女牛車《くるま》
居らへんように　なって仕舞《も》た

それの女牛車《くるま》の　下簾《したすだれ》
何《なん》や新調《あたらし》　見えとって
単衣襲《ひとえがさね》の　濃《こ》いのんと
二藍《ふたあい》織物《おり》の　唐衣《からぎぬ》と
（紅色がかった青色）
蘇芳《すおう》羅《うすもん》　上着とか
（紫がかった紅色の薄絹）
簾ぅの下から　見えとって
女牛車《くるま》の　後《しり》の方からは
青摺りの裳ぉ　広げてに
表に出して　垂らしてた

【下簾《したすだれ》】
牛車の前後の簾の内側に掛ける目隠し用の帳《とばり》

【単衣襲《ひとえがさね》】
表着《うわぎ》の下に単を二枚重ねること

誰やったやろ　あの人は
先程《さっき》の妙《へん》な　遣り取りは
気軽う返事　するよりは
何《なん》や心が　籠る様《よ》で
はるかに上手《うま》い　思うたで

朝座の講師《こうじ》　清範《せいはん》は
上がった高座　光ってて
後光《ごこう》射す様《よ》で　良かったわ

【朝座】
八講の朝の講座

そやけど暑《あつ》て　堪《たま》らんで
遣り掛け仕事　今日の内
為《せ》んならんのに　放って来て
説経《はなし》ちょこっと　聞いた後《あと》
直ぐに戻ろと　思てたに
牛車《くるま》大層《えろう》に　混んどって
出るに出られん　困ったわ

仕方《しょう》ない　朝座終わったら
出よか思うて　前にある
牛車《くるま》に声を　掛けたなら
空《あ》くん嬉しか　「早よ早よ」と
言《ゆ》て空《あ》けた場所《ん》へ　出るん見て
年齢《とし》食た上達部《かんだち》　とかまでも
大声笑《わろ》て　咎《とが》めよる

それ放っといて　答えんで
無理に混んだん　抜け出たら
見てたんやろか　義懐《よしちか》が
「もう帰るんか　それも良《え》え」
言《ゆ》うてにこっと　笑《わろ》たんは
良《え》え気遣いや　良かったで
言《ゆ》てんを良《よ》うも　聞かへんで
暑さ癖々《へきへき》　外出てに
義懐様《よしちかはん》へ　使者《つかい》出し

「釈迦はん説経《はなし》　してた時
聞いてた信者　五千人
『知ってるがな』と　帰ったと
同じに私《うち》も　帰るけど
暑いで貴男《あんた》　五千人内《ごせんなか》
入って帰る　かも知れん」
言《ゆ》うてこの私《うち》　帰ったわ

その八講（法華八講）の　始めから
終りの日まで　牛車《くるま》駐《と》め
誰も近付か　へんままで
何《なん》やら絵えに　描いた様《よ》に
誰ぞ四日も　居ったとか

【五千起去《ききょ》】
釈迦が大事な教えを説こうとした時、その会座にいた五千人の四衆（男女の出家・在家修行者たち）が、すでに悟りを得ていると自惚れていたために聞こうとせずに起立して去ったこと

それ聞き私《うち》は　（珍しな
奇特人《かわった》が　居るもんや
それ誰やろか　知りたい）と
思てあちこち　尋《たん》ねたを
藤大納言　聞かはって

「何がそないに　良《え》えもんか
阿保らしいにも　ほどがある
絶対変な　奴やで」と
言《ゆ》うたん聞いて　私笑《うちわろ》た

そんなこんなが　あってから
二十日ほど日ぃ　経った後《あと》
義懐様《よしちかはん》が　出家して
法師《ぼんさん》なって　仕舞《しも》たんや
大層《えらい》悲しい　ことやった

『桜散る』云《ゆ》て　喩《たと》えんは
平凡《ありきたり》過ぎ　思うんで

「白露《つゆ》置くん
待つ間だけ咲く　朝顔は
見ん方が良《え》えで　虚《むな》しいだけや」

と言いたいが　これもまた
何《な》や言《ゆ》い足りん　とか思た

（三十二段）

白露の
置くを待つ間の
朝顔は
見ずぞなかなか
あるべかりける
―新勅撰集―

【義懐関係系図】

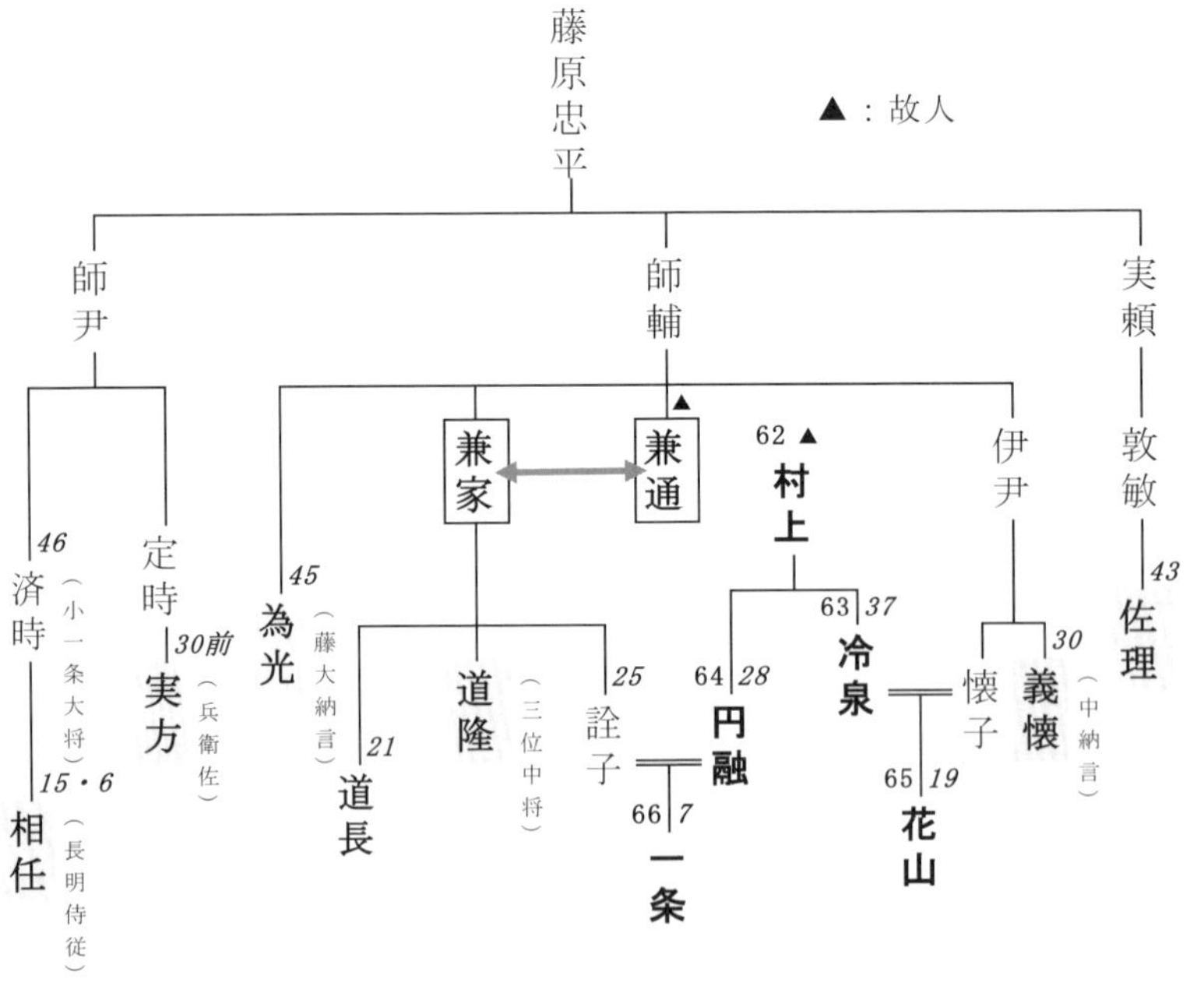

これも哀れや　清少納言《なごん》の父の
清原元輔《もとすけ》　八十三《やそみつ》歳なるが
正暦《しょうりやく》元年　その六月に
赴任先なる　肥後の地にて
疫病所為《せい》か　その生終えし
同じの年に　筑前守《ちくぜんかみ》が
身内、郎党　疫病罹《かか》り
多数死せしに　気も萎《な》え果てて
辞退したるの　その後を受け
任着きたるは　藤原宣孝《のぶたか》なりて
これぞ紫式部《しきぶ》の　夫でありし

胸にジーンと　来るもんは
親孝行な　他家《よそ》の子ぉ

身分の高い　若い男《ん》が
御嶽精進《みたけそうじ》を　して居って
隣の部屋で　明け方に
五体投地を　してる音
何《なん》やこの胸　痛うなる

それを隣で　好いて女《ん》が
起きて寝やんで　聞いてると
想像《おも》たらこれも　ジンと来る

そんで参詣《おまいり》　出掛けたら
無事かどうかな　気に掛かり
身ぃ慎んで　居るのんが
無事に終わるん　目出度いで

【御嶽精進《みたけそうじ》】
御嶽（吉野金峰山）への参拝に先立ち　精進して身を清めること

【五体投地】
両肘・両膝・頭を地に投げ出して仏に祈ること

参詣《おまいり》に出る　時とかは
烏帽子《えぼし》被《かぶ》って　行くのんで
何《なん》や見栄えが　せんけども
どんな高貴《おえらい》　人かても
粗末な姿《なり》で　参るんや

でも衛門佐《すけ》　信孝《のぶたか》は
「仕様《しょう》もないこと　するもんや
清浄《きれえ》な衣《ふく》で　参詣《まいる》んが
何《なん》でアカンか　奇妙《おっか》しい
御嶽《みたけ》の山の　神様《さん》が
粗末《そまつ》姿で参詣《まい》れ　言《ゆ》うてへん」

【烏帽子《えぼし》】
元服した男子が
略装に付ける黒
く塗った袋状の
帽子

【衛門佐《すけ》】
衛門府の三等官
※衛門府＝・皇居所
門の護衛、出入の
許可、行幸の供奉
などを担った役所

言《ゆ》うて三月　末のころ
紫の濃い　指貫《さしぬき》に
白い狩衣《かりぎぬ》　その衣《ふく》と
山吹色の　派手派手な
内衣《うちぎぬ》とかを　着てからに

息子《こ》の主殿亮《とのもすけ》　隆光に
青い色した　狩衣《かりぎぬ》と
紅の内衣《うちぎぬ》　着せさせて
水干袴《すいかん》の　斑摺《まだらず》り
そんな恰好《なり》して　一緒出た

帰りの人も　行く人も
(大層珍《えろ》して　奇妙《けったい》や
ここ来るのんに　こんな姿《なり》
昔も見ること　無かった)と
びっくり呆れて　居ったけど

【主殿亮《とのもすけ》】
主殿寮《とのもりょう》の三等官
※主殿寮
天皇の輿・湯あみ・灯
火・薪炭・清掃などを
担った役所

【水干袴《すいかん》】
水干を着るときに着
る裾に括《くく》りがあっ
て窄められる袴
※水干
・狩衣の一種
・糊を使わず水張りし
て干した布製のもの

四月一日　京戻り
六月十日　その時分
筑前の守　辞任《やめ》たんで
それの後釜《あと》　なったんや

「言《ゆ》うてた通り　なったがな」
と皆《みんな》して　言《ゆ》うとった

これジンとする　もん違《ちゃ》うが
御嶽《みたけ》の山の　関連話《ついで》やで

またジンとする　戻るけど

男やっても　女でも
若《わこ》てさっぱり　してる人《ん》が
黒い喪服を　着てるのん

九月の末か　十月の
初め時分に　キリギリス（今のコウロギ）
有るか無いかに　鳴いてんの
鶏《にわとり》とかが　卵抱き
寝てる姿は　ジンと来る

秋深まった　庭とかに
浅茅《あさじ》に露の　色んなん
玉みたいなり　置いてるん

夕暮れとかや　明け方に
河竹《かわたけ》風に　鳴ってんを
目ぇを覚まして　聞いてんも

あと夜とかも　全部《ぜえんぶ》に
シーンとしてて　そんな気に

山里の雪　これなんか
思慕合《おもいお》うてる　若い人《ん》が
邪魔する人が　居ってから
思い通りに　逢われんの

（百十五段）

【河竹《かわたけ》】メダケ・マダケの異称

第三章

父と周防に行った折

清少納言　幼き折に
父の清原元輔《もとすけ》　周防守《すおうのかみ》に
任じられたに　これ付き行きて
船旅したか　海での描写《えがき》
真に迫るの　この書きぶりぞ

油断ならへん　物云《もんゆ》たら
「悪人《わるもん》」とかて　言《ゆ》われる人《ん》
そんな人《ん》限り　ぱっと見は
「善人《ええひと》」らしに　見えるんや

船旅とかも　ここ入《はい》る
陽《ひ》ぃが大層《えろう》に　うららかで
海も長閑《のどか》で　波無《の》うて
浅緑にと　光る布
それをずらっと　延《の》べた様《よ》で
ちょっとも怖《こわ》ぁ　無いからか
衵《あこめ》や袴　着た姿《なり》の
若い女が　乗っとって
侍者《さぶらいもん》の　若いんが
櫓お漕ぎ歌を　盛大《えろ》唄《うと》て
その面白さ　宮中《みや》に居る
高貴《えらい》お人に　見せたいと
思てのんびり　乗ってたら

【衵《あこめ》】
女・童女が肌近くに着る丈の短い服

【侍者《さぶらいもの》】＝侍
家の雑事をする家人

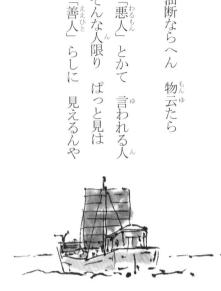

風大層《えろう》吹き　海の面《うえ》
ただただ荒れに　荒れて来て
正気無《の》うなり　怖《こわ》なって
船停泊所《とまるとこ》　着くまでに
波が船にと　被《かぶ》るんは
あんな穏やか　やった海
アッと言《ゆ》う間に　無《の》うなって
何処行ったんや　思うほど

それを思たら　船乗って
あっちこっちへ　行くほどの
恐ろし物《もん》は　無い思う

そこそこ深さ　やったかて
あんな危ない　物《もん》に乗り
漕ぎ出すとかは　為《し》たアカン

まして海底《そこ》とか　見えて無《の》て
千尋《ちひろ》とかまで　あるんやで

荷物を大層《えろう》　多量《よけ》積んで
水際《きわ》まで一尺　くらいやに
全然《なんとも》恐ろ　思わんと
下衆《げす》ども走り　回っとる

ほんちょっとでも　間違《まちご》たら
沈んで仕舞う　思うのに
大っきい松とか　丸かって
二、三尺ほど　あるのんの
五つ六つを　ポンポンと
投げ入れてんは　無茶苦茶や

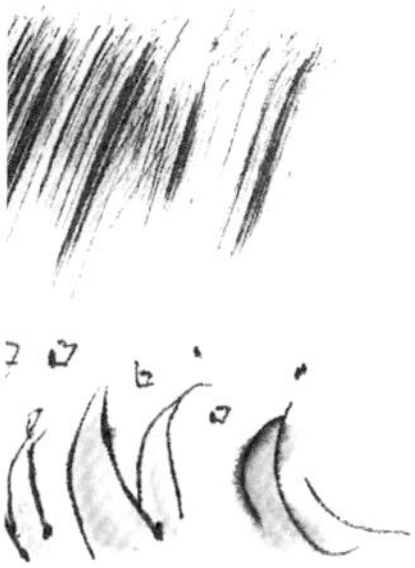

【千尋《ちひろ》】
非常に深いこと
※尋《ひろ》　両手を左右に広げた長さや深さ

【下衆《げす》】
身分や素性の卑しい者

屋形の横で　櫓とか漕ぐ
まぁ奥の方は　良《え》えけども
外で船縁《ふなべり》　立って人《ん》は
こっちが見てて　目ぇ眩《くら》む
早緒《はやお》と云《ゆ》うて　櫓おとかに
繋いだる紐　弱そうで
それが切れたら　どうすんや
そのまま海に　落ちるのに
その紐そんな　太《ふと》ないで

【早緒《はやお》】船を漕ぐときに櫓に掛ける綱

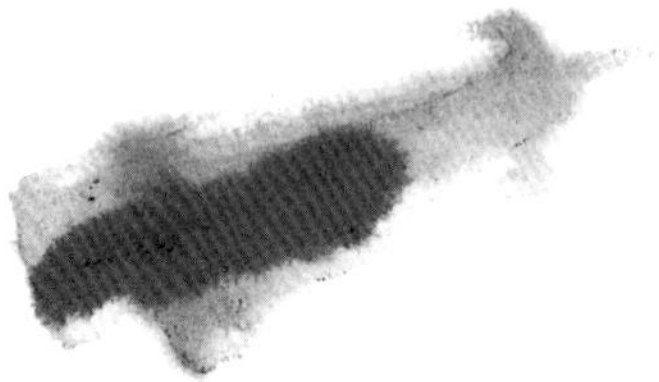

私《うち》乗った船　綺麗《きれ》やって
妻戸《とあ》（両開き戸）開け格子を　上げてんで
外見えるけど　水面《みず》ととは
高さ同じと　違《ちゃ》うかって
小《ち》っちゃい家の　感じやわ
他の船とか　見てみたら
何《なん》や怖《こわ》げな　感じやで
遠《とお》う見えてる　船とかは
笹で作って　そこいらに
浮かべたのんに　似てるがな
船泊《ふなどまり》居る　船毎《ごと》に
点《つ》いてる灯火《あかり》　これなんか
何《なん》や風情《ふぜえ》に　見えとった

端船《はしぶね》て云《ゆ》う　小《ち》さい舟
それとか漕いで　回ってる
早朝《あさ》の眺めは　しみじみや

『跡の白波』　これ真実《ほんま》
和歌《うた》に　詠われてるみたい
直ぐ消え後ろ　行って仕舞《ま》う

正常《まとも》な身分《み》ぃの　人とかは
やっぱり船で　あっちこっち
行くん止《や》めた方《ほ》　良《え》ぇ思う

歩いて行く旅《ん》　これかても
恐ろしけども　その旅は
何《なん》ちゅうたかて　足地ぃに
着いてるのんで　安心や

【端船《はしぶね》】
大船に付属する小舟

【跡の白波】
世の中を
何にたとへむ
朝ぼらけ
漕ぎ行く舟の
跡の白波
―拾遺集―

こんな具合に　この海は
やっぱ恐ろし　思うのに
まして海女《あま》とか　海入り
潜《もぐ》るん辛い　仕事やで

腰に付いてる　紐とかが
切れて仕舞たら　どう為《す》んや
せめて男が　潜《もぐ》るなら
まあまあそれは　良《え》ぇやろが
女はやっぱり　その気持ち
尋常《まとも》やないと　私《うち》思う

男が乗って　歌唄《うと》て
海女《あま》繋いでる　栲縄《たくなわ》を
海に浮かべて　漕いでるが
危ない思て　海女《それ》のこと
心配とかは　為《せ》んのかな

海女《あま》舟上がる　時なんか
その栲縄《たくなわ》を　引く云《ゆ》うが
慌て手繰《たぐ》るん　当然《あたりまえ》

【栲縄《たくなわ》】楮《こうぞ》の繊維で作った縄

舟縁《ふなべり》抑え　その海女《あま》が
吐《は》いてる息の　苦し気《げ》を
ただただ見てる　私《うち》らさえ
涙零《こぼ》れる　気ぃするに
海女《あま》を海没入《はい》め　潜《もぐ》らして
舟漂わす　男らは
真実《ほんま》憎らし　見てられん

（二百九十段）

第四章

譲り受けたはひねくれ心

清原元輔《もとすけ》　高名《なうて》の歌人
勅撰歌集　採《と》られし歌は
百と六首の　多きにありし
洒脱清原元輔《もとすけ》　滑稽話《こっけいばなし》
賀茂の祭で　馬から落ちて
冠《かぶり》落とすに　照る禿頭《はげあたま》
人が笑うに　演説ぶって
「馬躓《つまづ》くは　石あるにてぞ
禿《はげ》の冠《かんむり》　滑るは道理」
理屈弁《べん》ずに　皆大笑い

されど元輔　官職低く
暮らし豊かで　なかりし故に
その娘清少納言《こなごん》は　これ凝りたるか
雅《みやび》憧れ　高くを望み
下賤卑しむ　心境《こころね》持てり

人の悪口　言《ゆ》うのんを
アカン言《ゆ》う人　私《うち》嫌や

何《なん》で言《ゆ》わんで　居れるかい

私《うち》言われるん　嫌やけど
人の悪口　これくらい
言《ゆ》いとて堪らん　もんないで

ちょっと気ぃとか　咎《とが》むけど

知らんと思て　言《ゆ》うてても
自然と本人　耳にして
恨まれるんは　ちょと困る

聞いて気ぃ病む　相手には
可哀想《かわいそ》やなと　思うんで
堪《こら》えて悪口　言《ゆ》わんとく

そや無かったら　ぶちまけて
笑いもんとか　したるのに

（二百五十五段）

似つかわし無い　物《もん》とかは

身《み》分低い家の　雪景色
そこに月光《つきかげ》　射してんも

月の明るい　夜とかに
荷車なんか　合《お》うた時
そんな牛車《くるま》を　黄牛《あめうし》が
牽《ひ》いてるのんは　似合わへん

年齢《とし》食た女　孕《はら》んでに
大っきお腹《なか》で　歩いてん

若い男と　出来てんは
見苦し上に　その男《ひと》が
他の女に　通う云《ゆ》て
腹立てるのん　呆れるわ

【黄牛《あめうし》】
・飴色の牛
・立派な牛として喜ばれた

老人男《としよりもん》の　寝惚けてん
その髭面が　椎《しい》の実を
前歯で齧《かじ》る　姿《なり》なんか
歯抜けの婆《ばば》が　梅食うて
酸っぱて顔を　顰《しか》めんの
身分の低い　女官やに
緋色《ひいろ》の袴　穿いてんの
今はそんなん　多《お》いんやが

〈美男《えおとこ》やのに　その役職《やく》が
似つわへんで　嫌なんは〉
靫負《ゆげい》の佐《すけ》の　夜の姿《なり》
着てる狩衣　貧相で
人怖がらす　袍《うえのきぬ》（正装時の上着）
これは赤《あこ》うて　仰々《ぎょうぎょ》しい
警固途中に　女房居る
局《つぼね》の周辺《あたり》　うろうろと
してるん見ると　阿保か思《も》う

【靫負《ゆげい》の佐《すけ》】＝衛門の左《すけ》　靫《ゆき》（弓矢を入れた筒）を背負っている近衛府の次官

そのくせそれを　咎めたら
「怪しい者《もん》は　居らんか」と
照れ隠しして　脅《おど》しよる

そのうち中へ　入ってに
香とか染《し》みた　几帳《きちょう》とかへ
手荒《がさつ》に袴　架けるんは
場違いなんも　甚《はなは》だし

大層美貌《えろうきれえ》な　公達《きんだち》が
弾正《だんじょう》の弼《ひつ》　なんかにと
就任《なるん》は嫌や　勿体《もった》無い

美男聞こえの　宮中将（源頼定・村上帝第四皇子）
これが在職《つとめて》　居た時分
皆残念に　思たやろ

（四十二段）

【几帳】
室内の仕切りに使う幕
を下ろした様な調度

【弾正《だんじょう》の弼《ひつ》】
弾正台の次官
※弾正台
官吏の検察を担った役
所

何《なん》や辛ら相《そ》に　見えるもん

六、七月の　暑い日の
午《うま》刻（午前十二時頃）や未《ひつじ》刻（午後二時頃）の　頃とかに
貧相な牛で　ゴトゴトと
穢《きたな》い牛車《くるま》　遣る者《もん》や

雨降ってない　日ぃとかに
雨除《よ》け筵《むしろ》　した牛車《くるま》

非常《ごっつう》寒い　時とかや
またくそ暑い　時とかに
賤《いや》し女が　貧相《みすぼら》し
姿《なり》で子供を　背負《しょ》ってるん

年齢《とし》食た乞食　とかとかも

小《ち》っちゃい板屋（板葺き屋根）の　家とかで
黒う煤《すす》けた　汚《きたな》いが
雨に濡れてる　とこなんか
非常《ごっつ》降ってる　雨やのに
小《ち》っちゃい馬に　乗ってから
前駆《さきがけ》してる　人とかも

冬はそれでも　まだ良《え》えが
夏とか汗が　びっしょりで
袍《うえのきぬ》やら　下襲《したがさね》
体にへばり　付いてるん

（百十八段）

【下襲《したがさね》】
・束帯（正装）のとき袍・半臂の下に着る下着
・背後の裾《きょ》を長く出す

第五章

中宮さんはお茶目にて

一条帝《みかど》　十三歳《じゅうさん》なられ
定子十六歳《じゅうろく》　茶目っ気ありて
帝の御乳母《おんうば》　藤三位《とうさんみ》をば
謀《たばか》りこれを　揶揄《からか》いたるも
帝性格《さが》素直《なお》て　つい口開く

円融院《えんゆういん》の　喪明け年
（一条帝の父）
皆が喪服を　脱がはって
帝を始めに　皆々が
しめやか気分　浸ってて
院の人らも　思い出し
『花の衣《ころも》に』　とか詠んだ
昔のことを　偲んでた

皆人は
花の衣に
なりぬなり
苔の袂《たもと》よ
乾きだにせよ
──古今集──
（帝の喪明けに皆々が
衣《ころも》元にと戻したが
わしは一人で
悲しゅうて
いまだ沈んで
暮らしてる）

雨が非常《ごっつう》　降る日ぃに
藤三位《とうさんみ》居る　局《つぼね》へと
蓑虫の様《よ》な　恰好《なり》をした
大っきい子供　やって来て
白木《しらき》に立文《たてぶみ》　付けたんを
（正式の文）
「これをどうぞ」と　差し出した
声したのんで　女房が
「どっからの文　なんやろか
今日と明日《あした》は　物忌《ものいみ》で
蔀《しとみ》なんかは　上げてへん」
言《ゆ》うて閉めたる　下蔀《したじとみ》
それの上から　受け取った

【物忌《ものいみ》】
・一定期間身を清めて屋内に籠る
・陰陽道の日の回りにより起こる厄《やく》・暦の凶日・悪夢合い・穢れ触れを忌む為に行う

【蔀《しとみ》】
・細木の格子組の裏に板を張った戸
・上下に二枚で上（上蔀）は吊り下げて開けるようになっている

経緯《これ》聞いたけど　藤三位《とうさんみ》
「物忌《ものいみ》なんで　見やんとく」
言《ゆ》うて上の方《ほ》　刺しといて
翌朝《あけあさ》手ぇを　洗ろてから
「昨日の巻数《かんず》　さぁここへ」
言《ゆ》うて取らせて　拝み見た

胡桃色《くるみ》とか　云《ゆ》う色の
ぶ厚い手紙　やったんで
怪訝《へんやな》思て　開け見ると
年寄り法師《ぼうず》　書いた様《よ》な
奇妙《おっかし》筆跡《て》ぇの　文やって

《これかても
形見や思《も》うに　都では
もう替えたんか　院偲ぶ喪服《ふく》》

とその文に　書いたぁる

【巻数《かんず》】読経した数などを書いた僧からの知らせ文

これをだに
形見と思《も》うに
都には
葉替えやしつる
椎柴の袖

(忌々《いまいま》しいな　憎らしな
誰がこの和歌《うた》　書いたんか
仁和寺僧正《にんなじそうじょ》か　知れんけど
まさかこんなん　為《せ》えへんわ
藤大納言　あの院の
(藤原為光)
別当とかを　してたんで
彼奴《あいつ》がこれを　したんやろ
そんなら帝や　中宮様《みやはん》に
早ようこのこと　知らさんと
何《なん》やこの胸　収まらん
そやけど今の　物忌《ものいみ》は
非常《ごっつ》恐ろし　聞いたんで
この物忌が　済んでから)

とか藤三位《とうさんみ》　思うてに
辛抱堪《しんぼこら》えて　忌み過ごし
翌朝《あけあさ》早よう　返歌《かえし》書き
藤大納言へと　やったなら
すぐまた返事　そこへ来た

来た文二つ　手に持って
急《せ》えて宮中《だいり》へ　参上し
「こんなこととか　あったんや」
と帝居る前で　言《ゆ》うたなら

中宮様《みやはん》平気な　顔で見て
「藤大納言　違《ちゃ》うん違《ちゃ》う
法師《ぼんさん》の筆跡《て》ぇ　みたいやで
昔話に　屡々《よう》出るの
鬼の仕業《しわざ》か　知れへんで」
と生真面目に　言《ゆ》うたんで

「そんなら誰が　したんやろ
こんな物好き　するような
上達部《かんだちめ》やら　高僧が
何処におるんや　誰やろう
彼奴《あいつ》か此奴《こいつ》か」　とか言《ゆ》うて
腑に落ちんので　下手人《やったん》が
誰か知りた相《そ》　しとったら

堪《こら》え切れんで　帝様《みかどはん》
「ここら辺《あた》りに　あった紙
　何《なん》やら似てる　気ぃするで」
言《ゆ》うて御厨子の　中あった
もう一枚を　取り出して
藤三位《とうさんみ》にと　手渡した

「なんちゅうこっちゃ　馬鹿にして
その理由《わけ》言《ゆ》いや　頭来る
何《なん》でや理由《わけ》を　早よ言《ゆ》いや」
と詰め寄って　責め立てて
恨んでみたり　笑《わろ》うたり
するんでやっと　帝様《みかどはん》
仕方《しょう》ないのんで　真実《ほんま》をば

【御厨子】両開きの戸の付いた収納棚

「使者《つかい》にやった　大《お》っきい子
あれ台盤所《だいばん》(台所)の　刀自《とじ》(雑用係)とかの
召使いやが　小兵衛が
呼び出し芝居　さしたんや」
と言《ゆ》うたんで　中宮様《みやはん》が
大層《えろ》笑《わろ》てんを　引き揺《ゆ》すり
「何《なん》でこの私《うち》　騙《だま》したん
疑いも無《の》う　この私《うち》は
手ぇを洗うて　拝んだで」
と笑いながら　口惜《くや》しがん
和《なご》や可愛《いじら》で　滑稽《おっかし》い

そうした後で　台盤《だいばん》所(台所)で
笑《わろ》うてワイワイ　言《ゆ》うてから
局《つぼね》に下りて　使者《つかい》の子
これ探し出し　来た文を
受けた女房に　会わしたら
「そうやこの子や」　言《ゆ》うたんで
「誰や　何方《どいつ》の差し金や」
と訊《き》いたけど　言わんまま
知らん振りして　笑《わろ》うてに
走って逃げて　行きよった
後でこれ聞き　藤大納言《だいなごん》
面白がって　笑《わろ》とった

(百三十三段)

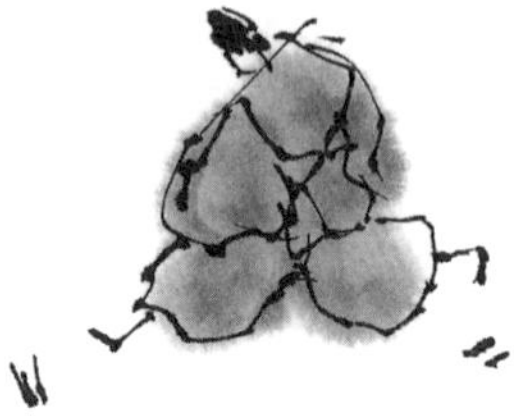

第六章　戸惑い多き宮仕え

宮仕《つか》えの経験《おぼえ》　これ無かりしも
祖父清原深養父《ふかやぶ》と　父清原元輔《もとすけ》が
共に高名《なうて》の　歌人《うたよみ》なると
聞こえ居たるの　その子孫《つながり》に
結縁八講《けちえんはっこう》　聞き行った折
義懐《よしちか》に声　掛けられたるを
鮮やか返せし　才気の噂
これ聞こえしか　宮中《みや》へと召さる

如何に強気の　清少納言《なごん》であるも
宮中《みや》の煌《きら》びに　気後れせしか
戸惑い半べそ　掻き居たるやが
これをば察し　中宮定子
機智にて緊張《きはり》　解《ほぐ》しを為せり

中宮様《みやはん》の許《とこ》　この私《うち》が
（定子・十七歳）
初めて参上　した時は
恥ずかしことが　多かって
涙零《こぼ》れる　思うたわ

毎晩御前《ごぜん》　出て行って
三尺ほどの　几帳陰
そこに控える　この私《うち》に
絵えとか出して　見せはるが
手さえ出せんで　萎縮《ちぢ》んでた

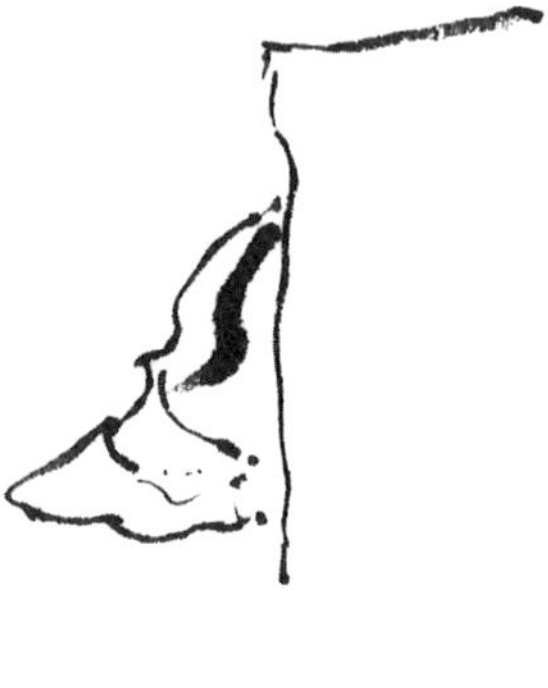

「この絵はこうや　こうなんや
これはこうかな　あれかな」と
その絵のことを　話しはる

灯火高坏《あかりたかつき》　点《とも》ってに
昼よりずっと　明るうて
はっきり　髪の筋なんか
見える程やが　辛抱《しんぼ》して
その絵ぇとかを　見てたんや

大層《えろう》に寒い　頃やって
微《かす》かに見えた　出された手
匂い立つ様《よ》な　薄紅《うすべに》色で
（この上なしに　素晴らし）と
世間知らずの　田舎者《いなかもん》
（この世に　こんなお人が）と
びっくりこいて　見て居った

【高坏《たかつき》】
・長い脚の付いた食器台
・逆さまにして燈明台にもする

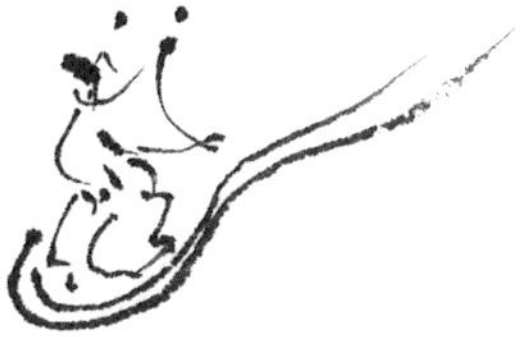

暁《あかつき》なって　気ぃ急《せ》えて
（早よ下がろか）と　思たのに
「葛城神よ　もうちょっと」
とか中宮様《みやはん》が　言《ゆ》うけども
（何《なん》とか横から　見られん様《よ》）
とに顔伏せて　居ったんで
格子上げへん　ままやった

そこへ女官ら　やって来て
「格子上げんか」　言《ゆ》うん聞き
傍の女房が　上げ様為《ようす》を
私《うち》の方見て　中宮様《みやはん》が
「止《や》めといたり」て　言《ゆ》うたんで
来た人笑《わろ》て　帰ったで

【葛城神】
・明るくなって退散すること
・役行者《えんのぎょうじゃ》が葛城山と吉野の金峰山《きんぷさん》に岩橋を掛けるよう葛城の神（一言主）に命じたが
・醜顔を恥じて夜しか働かなく完成しなかった

中宮様《みやはん》あれこれ　尋《たん》ねてに
話してるうち　長時間なって
「もう下がりとて　堪《たま》らんか
そんなら良《え》えわ　早よ帰り
夜になったら　またお出《い》で」
と言《ゆ》うたんで　膝行《いざ》ってに
私《うち》隠れたら　あとですぐ
女房ら格子　ばっと開け
見たら雪とか　降っとった

この登花殿《とうかでん》　その庭は
立蔀《たてじとみ》とか　近かって
狭うて雪が　綺麗《きれ》かった

【登花殿《とうかでん》】
・中宮の部屋
・内裏の清涼殿の北の弘徽殿の北にある

【立蔀《たてじとみ》】
蔀《しとみ》で作って庭や縁に目隠し用として置くもの

昼頃なって　中宮様《みやはん》が
「今日は雪降り　曇ってて
顔とか明確《よう》は　見えんので
まだ昼やけど　早よお出《い》で」
と何遍《なんべん》も　呼びはって
局《つぼね》の古株　女房も

「行かへん云《ゆ》んは　失礼や
何《なん》でそないに　尻込むん
これほど執拗《しつこ》　召されんは
気に入られてる　云うこっちゃ
逆らうのんは　ご法度《はっと》や」
と急《せ》かすんで　局《つぼね》出て
無我の夢中で　行くけども
何《なん》や辛うて　嫌やった

火焼屋《ひたきや》の上　雪積り
(警固用のかがり火小屋)
それ珍して　風情《ふぜ》やった

中宮様《はん》の　近くには
常時《いつも》置いたる　角火鉢
火ぃがこってり　熾《おこ》してて
そこには誰も　居《い》とらへん

上臈女房《じょうろうにょぼ》が　お世話にと
傍に控えて　居るだけで
梨絵《なしえ》蒔絵の　沈丸火鉢《じんひばち》
中宮様《みやはん》それに　暖《あた》取ってる

【上臈女房《じょうろうにょぼ》】身分の高い家の出の女官

【梨絵蒔絵《なしえ》】漆で文様を描き、梨地《なしじ》(=金粉・銀粉を散らした)を吹き付けた絵

【沈《じん》丸火鉢】沈の香木で作った丸火鉢

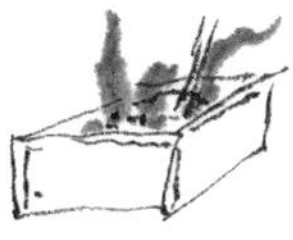

次の間とかで　隙間無《の》に
長火鉢《ひばち》の側で　座ってる
女房《にょぼ》ら唐衣《からぎぬ》　脱ぎ垂らし
寛《くつろ》ぎ気安　してるんは
大層《えろ》羨まし　見えとった

文取り次ぐや　立ち座り
行ったり来たり　する様子
然ほど気遣う　様で無《の》て
何《なん》や言《ゆ》うたり　笑《わろ》うてる

(何時《いつ》になったら　この私《うち》も
あない仲良《え》う　なれるか)と
思うただけで　気竦《すく》んだ

奥の方《ほ》寄って　三、四人
集まり絵とか　見てる様《よ》や

そんで暫く　為《し》とったら
先払いの声　高こ聞こえ
「関白様《はん》が　来たようや」
（藤原道隆・中宮定子の父・四十一歳）
と散らかりを　片付ける

（これはアカンな　どないにか
局《つぼね》下がろか）　思たけど
何《なん》とも身動き　出けんので
ちょっと奥の方《ほ》　引っ込むが
何《なん》や（見たいな）　気もあって
几帳《ちょう》の隙間《すき》から　ちょっと見た

関白様《はん》や　思たけど
来たんは　大納言様《これちかはん》やって
（藤原伊周・二十歳）
着てはる直衣《のうし》　指貫《さしぬき》の
その紫色《むらさき》が　雪映えて
非常《ごっつ》立派に　見えたんや

柱の傍に　座りはり
「昨日と今日は　物忌《ものいみ》で
どうか思たが　この雪が
大層《えろ》降ったんで　気になって」
言《ゆ》うたん聞いて　中宮様《みやはん》が
「道も無いのに　どないして」
と応《こた》えたら　笑いはり
「大層《えらい》雪やに　良《え》う来たと
思われとうて　来たのんや」
とか話してる　その様子
（こんな遣り取り　他に無い
物語《かたり》に巧妙《うもう》　言《ゆ》うのんと
ちょっとも変わり　あれへんな）
と私《うち》聞いて　思たんや

【道も無いのに】
山里は
　雪降り積みて　道もなし
今日来む人を
　有難《あはれ》とは見む
　―拾遺集―

中宮様《みやはん》白い　着物にと
紅唐綾《からあや》を　上に着て
それに髪とか　懸かってん
絵に描いたんは　見たけども
実際《ほんま》こんなん　知らんので
夢かの気持ち　私《うち》してた

戯言《ざれごと》とかを　女房らと
大納言様《これちかはん》が　話すにも
気後れ何《なん》も　為《せ》んとから
聞いては返す　遣り取りや
作り話を　話したり
何《なん》や言《ゆ》い合い　してるんは
目ぇがチカチカ　するようで
呆れるくらい　意味も無《の》う
顔大層《えろ》赤《あこ》う　なって仕舞《も》た

果物《くだもん》とかも　食べはって
その場の座ぁを　盛り上げて
中宮様《みやはん》に果物《それ》　勧めはる

「几帳の後ろ　あれ誰や」
とかを誰かに　訊《き》いてはり
誰焚《た》きつけた　知らんけど
大納言様《これちかはん》が　立ち上がり
こっち来るんで　他人《ほか》にかと
思うとったら　すぐ傍に
座って私《うち》に　声掛けた

私《うち》が宮中《ここ》来る　以前《まえ》とかの
噂を何《なん》か　聞いてたか
「真実《ほんま》かこんなん　聞いたけど」
とか訊《き》きはるが　大納言《このひと》を
几帳隔てて　遠くから
見てただけでも　恥ずかしに
思い掛け無《の》う　目の前で
話するやて　非現実《うそ》みたい

行幸《みゆき》なんかで　見てる時
こっちの牛車《くるま》　ちょっとでも
大納言様《これちかはん》が　見はったら
下簾《すだれ》ぴっちり　引き塞ぎ
透ける姿《かげ》かて　見えん様
扇翳《かざ》して　隠すのに
自分《わが》ことやけど　呆れ果て
(身程《みい》知らんとに　宮中《ここ》へなぞ
何《なん》で来たいん　思たか)と
汗びっしょりで　情け無《の》て
何《なん》の応《こた》えも　出来なんだ

頼みの綱の　扇かて
取り上げられて　顔とかを
隠す髪さえ　変な風《ふ》に
見られん違《ちゃ》うか　思うたら
気持ち全部《ぜえんぶ》　探知《し》れる様《よ》で
（早ように立って　くれんか）と
私《うち》思《も》うけど　大納言様《なごんはん》
取った扇を　弄《もてあそ》び
描いたる絵えの　ことなんか
「誰が描かせた」　とか訊《き》いて
すぐは返そと　為《せ》んのんで
顔に袖とか　押し当てて
俯《うつむ》き座って　居ったから
着けてた白い　白粉《おしろい》が
唐衣《からぎぬ》とかに　付着《つい》て仕舞《ま》い
顔が斑《まだら》に　なって仕舞《も》た

大納言様《これちかはん》が　私《うち》の傍
長《なご》う座って　居るのんを
（思い遣り無い　大納言《なごん》やな
大層《えろ》困ってる　ことやろう）
と思うたか　中宮様《みやはん》が
「これ見てみぃや　誰の筆跡《て》や」
と大納言《なごん》へと　声掛けた
座ったままで　大納言様《なごんはん》
「こっちで見るわ　寄越してや」
言《ゆ》うんを中宮様《みやはん》　首振って
「やっぱりこっち　来て見てみ」
言《ゆ》たけど大納言《なごん》　立たへんで
「儂《わし》を捕《つか》まえ　立たさせん」
と言いはんは　洒落てるが
この身思たら　恥しい

呼んだ中宮様《みやはん》　何《なん》やしら
誰かが書いた　草仮名の
本とか出して　覧《み》てはった

それ受け取った　大納言様《なごんはん》
清少納言《あれ》に見せたら　良《え》えん違《ちゃ》う
「誰の筆跡《て》やろか　分らんな
世に名ぁ高い　筆跡《て》ぇ全部
清少納言《あれ》なら知って　居るやろに」
とかこの私《うち》に　喋らそと
無茶苦茶なこと　言《ゆ》うてはる

一人だけでも　こうやのに
また先払い　声させて
同じ直衣《のうし》姿の　人が来た

【草仮名】
万葉仮名（日本語を漢字で表した字）を書きくずした書体

こっちはちょっと　賑やかに
冗談《ざれごと》とかを　言《ゆ》うとって
女房ら笑い　転《ころ》げてに
「誰それかても　こんなこと」
と女房から　殿上人《てんじょう》の
噂話を　してるんは
（普通の女房　なんやのに
何《なん》かの化身か　天人が
この地に降りて　来たんか）と
ふと思われる　ほどやった

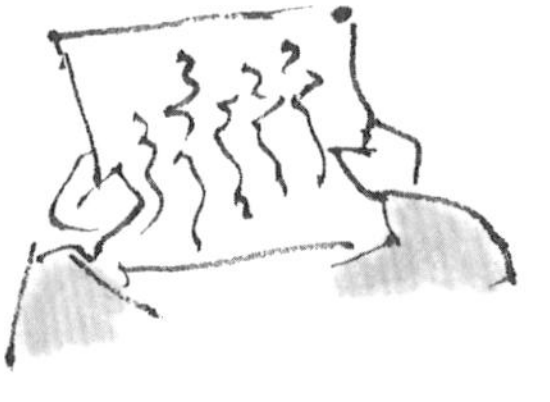

そやけど馴れて　日ぃ経《た》つと
そんな大した　ことで無《の》て
こんな風《ふ》見えた　人らかて
家出て初出　した時は
皆がそんなん　思たかと
段々分って　来るうちに
自然と馴れて　仕舞たんや

何《なん》かの話　してた時
「私《うち》のこととか　好いてるか」
て中宮様《みやはん》が　尋《たん》ねたへ
「それはもう」とか　言《ゆ》うた時
隣の　台盤所《だいばんどこ》(台所)とかで
大っきいくしゃみ(嘘吐きの証拠)　したのんで
「何《なん》や好かんな　嘘吐《つ》いて
もう知らん」言《ゆ》て　奥の方《ほ》へ
(何《なん》で嘘とか　吐《つ》くかいな
こんだけ非常《ごっつ》　好いてるに
嘘やて言《ゆ》んか　呆れるわ
嘘ついてんは　鼻やろが

そやけど誰や　憎らしい
普通はくしゃみ　（アカンな）と
思たら出《で》さそ　なった時
それ押し殺し　辛抱《しんぼ》する

そやのにあんな　大っきんは
真実《ほんま》憎らし）　思たけど
まだ宮中《ここ》に来て　間ぁなしで
何《なん》とも文句　言えんまま
夜ぉ明けたんで　この私《うち》が
局《つぼね》行ったら　追いかけて
浅緑色《あさみどり》での　薄様《うすよう》の（薄い和紙）
艶《つや》やかな文　「これ」言《ゆ》うて
持って来たんを　開け見たら

《『どしたなら
　嘘やて無いて　分るんや
それ糺《ただ》す神　居らへん云《ゆ》うに』
と思てはる　様子やで》

と書いたるん　見て私《うち》は
（上手《うま》いこと言《ゆ》う）　思たけど
何《なん》や口惜して　気ぃ乱れ
昨夜《ゆんべ》のくしゃみ　した女《やつ》が
妬《ねた》まし憎い　思うてに

いかにして
　いかに知らまし
　　偽りを
　空《そら》に糺《ただす》の
　　神なかりせば

《心薄《うす》い心濃《こ》い
それが分らん　はなや（花・鼻）のに
嘘吐《つ》き思《も》われ　私《うち》情けない

せめてこれだけ　言《ゆ》うてんか
識《しき》の神さん　知ってはる
嘘を吐《つ》くやて　畏《お》れ多い》

と書いた文　出したけど
その後《あと》（何《なん》で　あんな時
彼女《あいつ》くしゃみを　したんか）と
私《うち》は嘆かし　思とった

（百七十九段）

薄さ濃さ
それにもよらぬ
はなゆゑに
憂き身の程を
見るぞわびしき

【識《しき》の神】陰陽師の命令によって不思議な技をする鬼神

中宮様《はん》が　五節《ごせち》にと
舞姫出すに　世話係
十二人とか　出しはった
女御《にょご》や御息所《みやす》に　仕え人《ん》を
出すのん余所《よそ》は　どうかなと
思うとるのに　中宮様《みやはん》は
何思たんか　知らんけど
仕える女房《にょぼ》の　十人と
後の二人は　特別に
女院と淑景舎《しげいさ》（中宮定子の妹・十四歳）　そこの女房《にょぼ》
この姉妹《はらから》を　出しはった

【五節《ごせち》】
十一月の節会にて豊明かりの宴で行われた未婚の少女（舞姫）による舞の行事

【女御】
帝《みかど》の正室である皇后・中宮を選び出す妃《きさき》の中の第一身分

【御息所《みやすんどころ》】
・皇子・皇女を産んだ女御・更衣を言う

【女院】（三十二歳）
・帝の母＝東三条院
・中宮定子の叔母

五節《ごせち》本番　辰の日の
その夜のことや　中宮様《みやはん》が
小忌公達《おみきんだち》と　同《おんな》じの
青摺唐衣《あおずりからぎぬ》　汗衫《かざみ》とか（汗取り短衣）
これを皆《みんな》に　着せ様《よ》思《も》い

【辰の日】
・五節は十一月の丑・寅・卯・辰の四日に亘って行われる
・丑の日に舞姫を宮中に召し帳台の試み
・寅の日に殿上で酒宴、その夜御前の試み
・卯の日に童女《わらわ》御覧
・辰の日に豊明節会《とよあかりのせちえ》の宴があり正式に五節の舞いが演じられる

【小忌公達《おみきんだち》】
五節・豊明節会《とよあかりのせちえ》などで小忌衣を着て神事進行役をする公達
※小忌衣
物忌を表す清浄な上着（白布に青摺り模様を描き赤紐を垂らす）

【青摺《あおずり》】
山藍の葉などで模様を青く摺りだした衣

そのこと傍の　女房にも
他の誰にも　言《ゆ》わんとに
余所《よそ》から舞姫　出した人《ん》が
それぞれ皆《みんな》　着替え終え
辺《あた》りが暗《くろ》う　なった頃
そっと持て来て　着せたんや

赤紐綺麗《きれえ》　結《ゆ》い下げて
大層艶々《えろつやつや》の　白衣《しらぎぬ》に
小忌公達《おみきんだち》の　着る模様
普通版木で　摺るんやが
これを手描きで　描いたぁる
織物《おり》の唐衣《からぎぬ》　その上に
これら着せるん　珍して
中で汗衫《かざみ》（童女の上着）の　童女《わらわめ》は
何《なん》にも増して　良う見える

下仕えまで　同《おんな》じを
着て並んでん　見たのんで
舞姫出て行《く》　その前に
五節局《ごせちつぼね》（舞姫控室）の　前居った
殿上人や　上達部《かんだちめ》
皆びっくりし　興趣《おもしろ》深て
「わぁこれ小忌《おみ》の　女房やで」
言《ゆ》うて名ぁ付け　燥《はしゃ》いでて
同じ衣装の　本物の
小忌《おみ》の公達《きんだち》　簾の外で
仲間が居ると　喜んで
座り女房《にょぼ》らと　喋《しゃべ》ってる

「五節局《ごせちつぼね》の　設備《しつらい》は
日ぃ暮れん内　壊すんで
中丸見えで　舞姫の
出た後残る　下仕え
着替える不恰好　晒《さら》すんは
堪えられんので　夜までは
そのままおいて　欲しいんや」
と中宮様《みやはん》が　言《ゆ》うたんで
皆《みんな》バタバタ　為《し》もせんと
几帳の隙間　抑えてに
袖口簾ぅの　外出して
そこに座って　居ったんや

その時小兵衛　云《ゆ》う女房
赤紐《ひも》の結び目　解けたんで
「これ結びたい」　言《ゆ》うたなら
小忌《おみ》の実方《さねかた》（節会進行役）　中将が
傍来て紐を　結んだが
何《なん》や様子が　怪訝《おっか》して
「あしひきの
山井の水は　凍《こお》れるを
いかなる氷《ひ》（紐）もの　溶《と》くる（解く）なるらん」
と実方《さねかた》が　詠み掛けた

小兵衛年齢《とし》が　若かって
人目も多数《ようけ》　あったんで
何《なん》や言い難《にく》　そうにして
和歌《うた》返すんが　出来やせん

その傍居った　女房らも
ただ見過ごして　黙ってる

中宮識《ちゅうぐうしき》の　役人は
耳欹《そばだ》てて　聞いてたが
返歌《かえし》遅いん　焦《じ》れてから
横からそこに　近寄って
「何《なん》でそないに　遅いんや」
と囁いて　責めとおる

【中宮識《ちゅうぐうしき》】
中宮に関するいろいろ
を担った役所

私《うち》の居る所《とこ》　四人ほど
小兵衛居ると　離れてて
良え和歌《うた》　思い付いたかて
言い難《にく》い所《とこ》　やったんや

その上歌詠み　上手やと
皆《みんな》知ってる　実方《さねかた》が
気入れて詠んだ　和歌《うた》対し
どんな返歌《かえし》が　良《え》えやろと
気後れしたん　情ない

中宮識《しき》の　役人が
「黙っとったら　アカンがな
あんまり上手《うもう》　なかっても
直ぐ詠むのんが　良《え》えんやで」
と女房らを　詰《なじ》ってに
言い歩くんが　可哀想で

「薄氷
ちょっと凍った　氷やで
射して来る陽《ひ》に　溶解《ゆる》むばっかり」
(この紐は
ざっと結んだ　紐なんで
良男《えおとこ》来たら　直ぐ解《ほど》けんや)

薄氷
あはに結すべる
紐なれば
かざす日かげに
ゆるぶばかりぞ

と私《うち》詠んで　その和歌《うた》を
弁のおもとに　伝えたが
消え相《そ》な声で　言《ゆ》うたから
「え何　何」と　実方《さねかた》が
耳傾けて　訊《き》くのんで
訥弁《どもる》癖ある　この女房
気取って上手《うもう》　言《ゆ》おとして
余計《よけ》伝わらん　様なって
恥搔かへんで　私《うち》済んだ

余所《よそ》は為《せ》んのに　此方《こっち》だけ
舞姫出るの　後付いて
行くことしたが　その中に
「調子悪い」と　行かん子が
居ったが中宮様《みやはん》　アカン言《ゆ》て
皆が連れ立ち　行ったんは
ほんま賑わし　ことやった

他に舞姫　出したんは
これ馬の頭《かみ》（馬係の長官）　相尹《すけまさ》の
娘であって　染殿の（染物所）
式部卿宮　奥方の
妹はんの　四の君が
産んだ子供で　十二歳
大層《えろう》可愛い　子おやった

最後《おわり》の辰の日　その夜は
舞姫担ぎ　退出《でる》ような
騒ぎも無《の》うて　終わってに
仁寿殿《じじゅうでん》（内裏中央、紫宸殿の北）抜け　引き返し
清涼殿の　東側
そこの簀子《すのこ》を　通ってに
舞姫先に　歩かせて
上の御局《みつぼね》　戻るんは
ほんま見事や　良かったで

（八十六段）

内裏で　五節《ごせち》時分には
普段《つね》のそこらの　官人も
何《なん》と無《の》立派　見えるんや

主殿司《とのもづかさ》(宮中の雑役婦)の　女官らが
釵子《さいし》(かんざし)に　いろんな端切れとか
物忌《ものいみ》みたい　付けてんも
何《なん》や珍し　見えるがな

宣耀殿《せんようでん》(内裏の東北)の　反橋《そりばし》(太鼓橋)に
斑濃《むらご》(濃淡染め)色した　元結《もっとい》(髷縛り紐)の
色鮮やかな　女官らが
出て来て座って　居るのんも
何《なん》かにつけて　風情ある

舞姫に付き　宮中《ここ》へ来た
上の雑仕《ぞうし》(清涼殿の宮中の雑役婦)や　童女《わらわめ》が
(大層《えろ》晴れやかや)　思てんも
至極最も　思えるわ

小忌衣《おみごろも》摺る　山藍《やまあい》や
（節会衣装）　（青色の染料にした草）
冠《かんむり》付ける　日陰蔓《かずら》とか
それ柳筥《やないばこ》　中に入れ
元服間なし　男らが
持って歩いて　居るのんは
ほんまに床し　見えるんや
直衣《のうし》肩脱ぎ　した殿上《てんじょ》人
扇なんかで　拍子取り
「出世するよと　皆大騒ぎ」
と謡いながら　五節局《つぼね》前
通ってくんが　見えるんは
宮中《ここ》に居慣れた　女房でも
胸ドキドキで　落ち着かん

【日陰蔓《ひかげのかずら》】
祭礼時に冠に付け垂らす組糸

【柳筥《やないばこ》】
柳の細い枝を折り曲げて作った箱

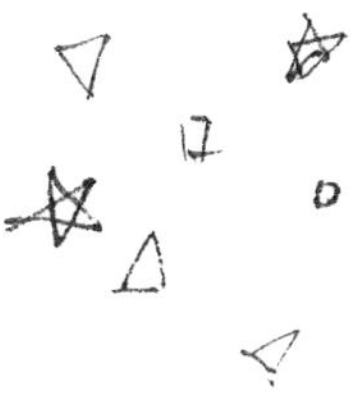

その上　殿上人らが
どっと笑《わろ》うた　時なんか
もうびっくりし　魂消《たまげ》るわ
当番当たる　蔵人の
掻練襲《かいねりがさね》　どれよりも
大層《えろう》清らに　見えるんや

【掻練襲《かいねりがさね》】
紅い練絹で作った下襲

そんな見てる　私《うち》らは
敷物《しきもん》とかは　あるけども
座ってなんか　居られんで
五節《ごせち》局の　女房らの
簾から出してる　衣装《ふく》とかの
良えや悪いを　論《あげつろ》て
その他何《なん》も　出来んのや

帳台試み　夜なんか
当番してる　蔵人が
何《なん》やら固い　こと言《ゆ》うて
「髪結《ゆ》い役を　する者《もん》と
童女《わらわめ》二人　その他は
舞殿《まいどの》の中　入《い》れんぞ」と
戸おを抑えて　憎げ言《ゆ》う

【帳台試み】
五節丑の日に舞姫を宮中に召し帝が舞姫の下稽古を見ること

殿上人とか　そこへ来て
「女房の　一人くらいでも」
言《ゆ》うが当番　首振って
「他が恨むで　そら出来ん」
とか頑固にも　言《ゆ》てる時
中宮《みや》に仕える　女房らが
二十人ほど　どっと来て
そこ居る蔵人　構わんで
戸お押し開けて　喚《わめ》き入る

見てた蔵人　呆《あき》れ果て
「大層《えろ》無茶苦茶な　世の中や」
言うてぼおっと　立ってんは
何《なん》とも滑稽《おっか》し　もんやった

それに続いて　舞姫の
お付きの女房《にょぼ》ら　皆《みんな》して
入って行くん　その蔵人《くろど》
しかめっ面で　見とったで

そこへ出てきた　帝様《みかどはん》
（滑稽《おっか》しなぁ）て　見たやろか
灯台《あかり》に向こて　座ってる
舞姫四人　その顔は
可愛かったで　見とったら

（八十八段）

関白様《はん》が　黒戸から
(藤原道隆・四十一歳)
帰る云《ゆ》うんで　女房らが
隙間も無しに　そこ居るを
「大層綺麗《えろうきれえ》な　女房《にょぼ》らやな
爺《じじ》ぃと笑《わろ》て　居るんやろ」
と戯《ざ》れ口を　言いながら
女房《にょぼ》ら掻き分け　出て行った

【黒戸】＝黒戸の御所
清涼殿の北、滝口の西
にある黒い板戸の部屋

それを戸口に　近い女房《にょぼ》
色んな袖口　見せながら
簾ぅ引き上げて　見とったら
権大納言　沓《くつ》取って
(藤原伊周・二十歳)
関白様《はん》に　履かしてた

その姿《なり》堂々　すっきりで
下襲《したがさね》の裾《しり》　長《なご》う引き
(正装時の下着)
周囲《まわり》圧して　座ってる

あぁ素晴らしい　光景《ながめ》やな
身分の高い　大納言
それに沓《くつ》とか　取らすやて

藤壺の塀　辺《あた》りから
登花殿《とうかでん》前　並んでに
あの　山の井の大納言
(道隆長男・二十三歳)
その兄弟《はらから》や　その他が
何《な》や黒いもん　散らす様《よ》に
跪《ひざまず》いてる　その前で
すらり品ある　関白が
佩《は》いてる太刀を　直す様《よ》に
その場で止まり　はったんや

【藤壺】＝飛香舎
清涼殿の北にある

【登花殿《とうかでん》】
清涼殿の北の弘徽殿の
北にある

【山の井の大納言】
・伊周の腹違いの兄
・祖父兼家の養子に

戸口の前の　中宮大夫《ちゅうぐだいぶ》（藤原道長・二十八歳）
関白様《はん》の　弟《おとと》やで
跪《ひざまず》かへん　思てたら
関白　歩き出した時
すうっと　跪《ひざまず》かはった

（やっぱりどんだけ　前世で
関白様《はん》が　功徳をば
積んではったか）　思うてに
私《うち》感激し　見とったで

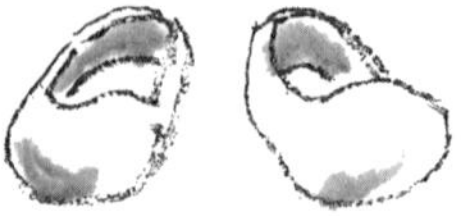

【中宮大夫《だいぶ》】
中宮職の長官

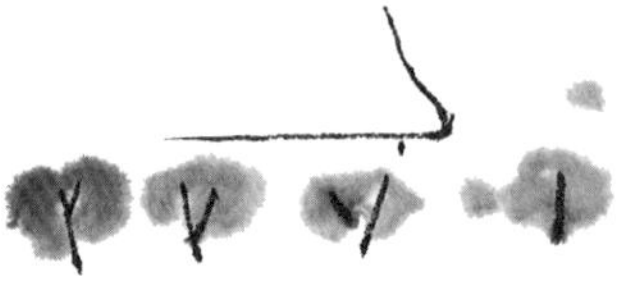

忌日《きにち》や云《ゆ》んで　中納言《ちゅうなごん》君（道隆の従妹）
真面目くさって　勤行《つとめ》るを
私《うち》これ見付け　こう言《ゆ》うた
「ちょっとその数珠　貸してえな
それで勤行《つとめ》て　この私《うち》も
関白みたい　なろ思う」
そしたら皆が　数珠借ろと
集まったんで　大笑い
これ大層愉快《えろおもろ》　かったんや
中宮様《みやはん》あとで　それ聞いて
「いっそ仏に　なったなら
関白様《はん》の　上行くで」
言《ゆ》うて笑《わろ》うた　その顔を
私《うち》有難とて　拝んだわ

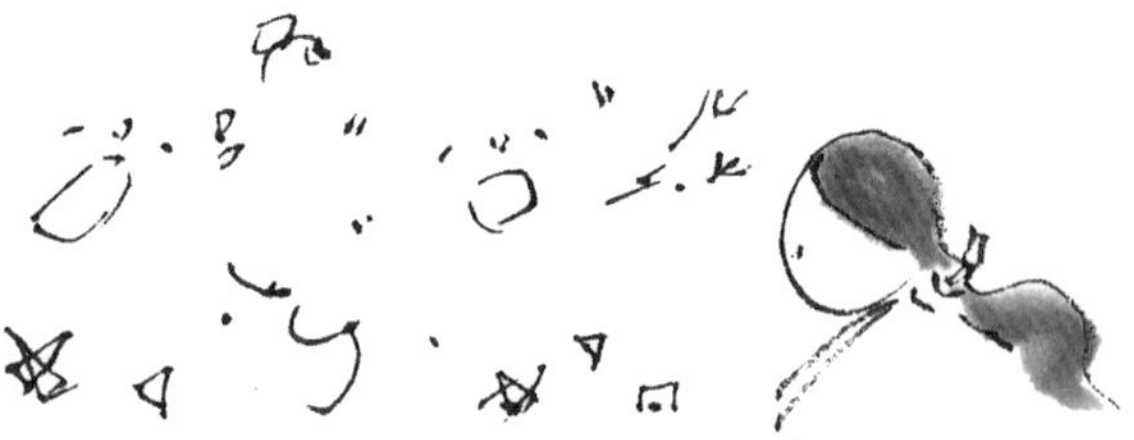

大夫《だいぶ》が　跪《ひざまず》いたんを
私何遍《うちなんべん》も　言《ゆ》うのんで
「そうや偉いで　関白は
其女《あんた》の　贔屓人《ひいきびと》やもん」
言《ゆ》うて笑《わろ》うて　居りはった

(中宮様《みやはん》はもう　居られんが
後《あと》の大夫《だいぶ》(藤原道長)の　出世振り
もし覧《み》はったら　この方《ひと》を
跪《ひざまず》かせた　関白の
偉いん　私《うち》が褒めたんを
当然《あたりまえ》やと　しみじみと
思いはるやに　違いない)

(百二十五段)

これ書いたんは　ずっと後

第七章

宮中《だいり》あれこれ珍しい

宮仕《つか》えに慣れし　清少納言
内裏種々《いろいろ》　出入りを為《を》す人
見るに興《きょう》味湧き　観察《みまもり》したり
あれこれ興趣《おもしろ》深　見聞きを為せり

昇進《のぼ》ったお礼　仕様《しょう》として
出勤《でてく》る姿《なり》は　清々《すがすが》や

裾《きょ》なんか後ろ　長ご引いて
（下襲の裾）
帝《みかど》の前に　立つ姿《なり》は
大層《えろう》見事で　惚れ惚れで
拝礼《れえ》して手振り　舞う姿
派手派手しいて　見事やわ

（八段）

前途《さき》に望みも　何《な》も無《の》うて
ただただ真面目　暮してて
嘘の幸福《しあわせ》　浸《ひた》る人
こんな見たら　もう私《うち》は
我慢出けんで　阿保か思《も》う

何《なん》ちゅうたかて　この世では
そこそこ身分《み》ぃの　娘なら
宮中《だいり》なんかに　出仕させ
世間見させて　慣らさせて
ちょっと間なりと　典侍《ないし》とか
なれたら思《も》うん　常識《ふつう》やで

【典侍《ないしのすけ》】
尚侍司の次官
※尚侍司
天皇の傍にいて身辺
奉仕などを担う

宮中《だいり》仕える　女見て
軽薄《かるい》女で　阿保かなと
思てる男　憎らしい

まぁそれもまた　合《お》うてるが

(隠れて家で　籠るんが
良《え》え思うんか　そら違う)

口するのんも　畏れ多《お》い
帝《みかど》を始め　上達部《かんだちめ》
殿上人や　五位・四位は
言《ゆ》うまで無《の》うて　その他の
男の目ぇに　掛らんで
済ませる女　何処に居る

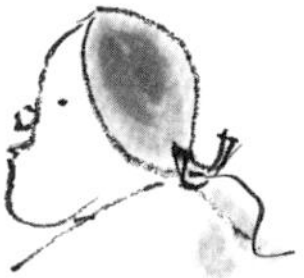

女房が使う　下《しも》仕え
女房の里から　来る人《のん》や
長女《おさめ》(雑用係)や　御厠人《みかわやうど》(便所掃除係)とかの
取るに足らへん　者《もん》までを
見るん恥ずかし　思うてに
隠れてなんぞ　居れるかい

男やったら　こんな風《ふ》な
卑しい者《もん》の　前とかに
行かへんことも　出来るけど
宮中《みや》で仕えを　する限り
そういう訳も　行かんのや

妻を迎えて「北の方」
言《ゆ》うて大切《だいじ》に　傅《かしず》く女《が》
以前《まえ》に宮仕《つか》え　為《し》とったら
男は「良《え》え」と　思わんの
それにも一理　あるけども

典侍《ないしのすけ》と　名ぁ貰ろて
妻が宮中《だいり》に　仕えたり
賀茂の祭りで　使者《つかい》なり
参列するん　名誉《ほまれ》やで

そんな高位《たこう》に　居ってでも
家かてちゃんと　守るんは
これも見上げた　もんやがな

受領《ずりょう》(地方長官)が五節《ごせち》　出す時に
妻がちゃあんと　しとったら
田舎者《いなかもん》顔　丸出しで
知らんこと訊《き》く　恥ずかしを
訊《き》かんで済むん　そのお陰
立派なもんや　宮仕え

（二十一段）

細殿とかに　女房《にょぼ》ら居て
多数《よけ》で喋って　居った時
小ざっぱりした　召使《つか》いやら
小舎人童《こどねりわらわ》（子供の召使い）　そこ通り
主人《あるじ》の衣服《ふく》が　入れたぁる
綺麗《きれ》な包みや　袋持ち
指貫《さしぬき》の紐　見えとって
弓、矢、盾とか　運んでる

「誰の物《もん》や」と　尋《たん》ねたら
「誰それのんや」　答えてに
跪《ひざまず》き言《ゆ》ん　まだ良《え》ぇが
気圧《お》され恥じて　「知りまへん」
言《ゆ》うたり　返事為《せ》んままで
去《い》って仕舞うん　憎らしい

（四十三段）

【細殿】＝渡殿
・殿舎の細長い廂間
・区切って女房の局に当てた

主殿司《とのもづかさ》（宮中の雑役婦）て　云《ゆ》うのんは
真実《ほんま》良《え》ぇなぁ　思うんや
宮中《だいり》仕える　下仕え
その中　主殿司《とのもづかさ》とか
もう憧れの　役職《やく》なんで
上の身分の　人らにも
勤めさしたい　仕事やわ
若《わこ》て見た目の　良《え》ぇ子とか
良《え》ぇ服着させ　勤めたら
きっと見栄えが　する思う

年季積んでて　慣例《しきたり》を
知ってに仕事　熟《こな》せる人《ん》
主殿司《とのもづかさ》に　似合《お》うてる
主殿司《とのもづかさ》の　中からに
可愛《かい》らし子おを　一人召し
季節《じき》に合わせた　衣装《ふく》着せて
裳おや唐衣《からぎぬ》　流行《はやり》のん
着せ連れ歩き　したい思《も》う

（四十四段）

男で同《おんな》じ　下仕え
中で随身《ずいじん》　良《え》え役職《やく》や
なんぼ美し　公達《きんだち》で
若《わこ》うて華やか　しとっても
随身《ずいじん》抜きは　がっかりや
弁官なんか　自分では
（太政官庶務係）
大層《えらい》良《え》え役職《やく》　思てるが
下襲裾《しもがさね》　短こうて
（正装時の下着）
随身《ずいじん》とかが　付かんので
何《なん》や幻滅　感じるわ

（四十五段）

【随身《ずいじん》】付き従う警護の近衛府舎人

雑色《ぞうしき》・随身《ずいじん》　痩せとって
（宮中の雑役夫）
ほっそりしたん　私《うち》好きや
身分の高い　男でも
若い時分は　細身良《え》え
太った男　眠そうに
見えるからして　私《うち》嫌や

（五十段）

小舎人童《こどねりわらわ》　小《ち》ぃそうて
髪が大層《えろう》に　綺麗《きれ》かって
髪先すっきり　青がかり
声美して　物言《ゆ》時
畏《かしこ》まり言《ゆ》ん　賢《かしこ》そや

（五十一段）

若《わこ》うて身分　高い男《ん》が
身分の低い　女の名
馴れ馴れ呼ぶん　嫌らしい
例え知ってる　女でも
暈《ぼか》して半分　ほど言《ゆ》んが
気ぃ利《き》いとって　良《え》え思う

夜の局《つぼね》に　忍ぶ時
暈《ぼか》し言《ゆ》う訳　行かんけど
宮中《だいり》で女　呼ぶ時は
主殿司《とのもづかさ》に　頼むんや
そや無い邸《やしき》　なんかでは
侍所《さぶらいどこ》に　居る人に
呼んで貰ろたら　良《え》ぇのんや

【侍所《さぶらいどこ》】
親王・摂関家とかの侍
（＝家人）の詰め所

自分の声で　呼んだなら
誰が呼んだか　分かるがな

召使いとか　童女《こども》なら
自分で呼んで　良《え》えけども

（五十四段）

立派な邸《いえ》の　中門の
開《あ》いたる中に　檳榔毛《びろうげ》の
牛車《くるま》の　白う綺麗《きれえ》んが
蘇芳《すおう》色した　下簾《したすだれ》
（紫がかった紅）
色鮮やかな　それ見せて
榻《しじ》に立ててん　見栄えする
（轅の台）

【檳榔毛《びろうげ》の牛車】
檳榔《びろう》の葉を細く裂いて
糸状にしたもので葺い
た牛車

五位や六位の　者《もん》とかが
下襲裾《したがさねしり》　帯挟み
真新しいの　笏《しゃく》の上
扇なんかを　添え乗せて
あちこち出入り　するんとか
随身《ずいじん》正装　してからに
壺胡簶《つぼやなぐい》を　背に背負《しょ》って
出入りするのん　良《よ》う似合う

【笏《しゃく》】
正装のとき右手に持つ細い板

台所《だいどこ》女　小奇麗が
邸《いえ》を出て来て　顔出して
「誰それ様《はん》の　供どこや」
とか言《ゆ》うてるん　感じ良《え》え

【壺胡簶《つぼやなぐい》】
筒状の矢を入れる携帯容器

（五十七段）

宮中《だいり》の局《つぼね》　その中で
細殿大廊《ほそどのえろう》　良《え》え場所《とこ》や
（細長の廂間）
上の蔀《しとみ》が　開けたって
（吊り下げ戸）
風上手《うま》いこと　吹き入り
夏でも大廊《えろう》　涼しんや
冬は雪やら　霰《あられ》とか
風と一緒に　吹き込むが
これも何《なん》やら　感じ良《え》え

あんまり良うは　無いんやが
子供実家《さと》から　来た時に
屏風の中に　隠すんや
細殿《そこ》狭いんで　他局《ほか》みたい
大声立てて　笑わへん
そやからほんま　便利やで

昼かて油断　出けへんが
男来るかと　思うたら
夜はなおさら　気抜けんで
これまた何《なん》や　興趣《おもしろ》深い

警固足音　夜中中《じゅう》
聞こえてるけど　ふと止まり
指先とかで　戸ぉ叩く
それで誰やて　分かるんが
ほんま滑稽《おっか》し　思うんや

ずっと長時間《なごう》に　叩いても
何《なん》の返事を　為《せ》なんだら
（もう寝たんか）と　思うやろ
それも癪《しゃく》やで　ちょっとだけ
態《わざ》と身動《みじろ》ぎ　してからに
衣擦《きぬず》れの音　さしたなら
（あ　起きてる）て　気付くんや

冬は火鉢に　刺す火箸
音立てん様　してるのに
遣戸《と》(引き戸)おをドンドン　叩くんで
「静かに」言う《ゆ》女房《にょぼ》　あるけども
隠れてそっと　近寄って
聞き耳立てる　時もある

また皆《みんな》して　漢詩《しい》読むや
和歌《うた》とか詠う　時なんか
叩かれる前　開けとくと
(来《こ》よ) 思てへん　男まで
つい足止めて　ここに寄る

入れたる場所《とこ》が　無いのんで
外立ったまま　夜明かすん
これまた滑稽《おか》し　見物《みもの》やで

細殿《ここ》の簾《す》青て　風情《ふぜ》あって
几帳の布地　鮮やかで
女房《にょぼ》とか着てる　裾先が
重ね覗いて　見えとぉる

そこに直衣《のうし》の　背合《あ》わせ目に
下着透かした　公達《きんだち》や
六位蔵人《くろうど》　青色の
服着たのんが　来るけども
無遠慮遣戸《なれなれやりど》　傍来んで
塀に背中を　凭《もた》れかせ
立ってる姿《なり》は　感じ良《え》ぇ

それとは違《ち》ごて　別の男《ん》が
濃い紫の　指貫《さしぬき》に
色鮮やかな　直衣《のうし》着て
色取り取りの　下襲《したがさね》
下から出した　姿《なり》してに
簾ぅ押しやって　身半分
中に入れてる　その姿《なり》は
外から見たら　様になる

その人綺麗《きれえ》　硯とか
手許に寄せて　文書くや
鏡を借って　鬢《びん》直す（耳際の髪）
その姿全体《なりぜんぶ》　堪らんわ

戸口に高さ　三尺の
几帳があって　帽額《もこう》下
ちょっと隙間が　あるのんで
外の男と　内《なか》の女房《にょぼ》
話する時　顔の前
隙間あるのん　具合良《え》え
背え高いんや　低いんは
どうなんやろか　普通《ふつう》背なら
丁度ぴったり　良《え》え感じ

【帽額《もこう》】
簾などの懸け際を飾るため上長押《なげし》に沿って横長に引き渡す布

まして臨時の　葵祭時《まつり》
調楽《ちょうがく》（下稽古）なんか　する時は
ここの細殿　良《え》え場所に
主殿寮《とのもりりょう》（宮中の雑用係）の　役人が
長い松明《たいまつ》　持ち掲げ
寒そ襟中　首竦《すく》め
歩いてるんで　松明《たいまつ》の
先何《なん》やらに　当たり相《そ》や

楽しに遊び　笛吹いて
皆がウキウキ　してる時
正装してる　公達《きんだち》が
局《つぼね》の前で　立ち止まり
女房《にょぼ》らと何《なん》や　話すんで

供の随身《ずいじん》（警護役舎人）　急《せ》かそ為《し》て
短こ小声で　前駆《さきがけ》の
掛けとる声が　楽《がく》音混ざり
平生《いつも》と違ごて　興趣《おっかし》深い

遣戸《と》お開けたまま　待ってると
また公達《きんだち》の　声がして
「荒田に生ふる　富草《とみくさ》の花」
と謡うんが　聞こえ来て
その声先刻《さき》より　感じ良《え》え

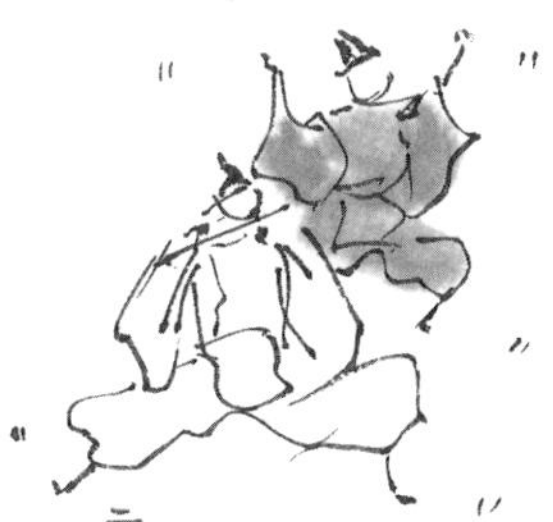

【荒田に生ふる】
荒田に生ふる
　富草の花
手に摘み入れて
宮へ参らむや
参らむや
　―風俗歌―

中には真面目　一方で
局前《まえ》を素通り　する者《もん》も

これ見て女房《にょぼ》ら　笑《わろ》うたら
別の公達《きんだち》　それ向こて
「待て待て女房《にょぼ》ら　笑《わろ》うてに
『何《なん》でこの世《（夜）》を　嫌《いや》がって
　急《せ》いて帰るん』言《ゆ》うてるで」
と後ろから　声掛ける

体裁《ばつ》悪いんか　その男
倒れるくらい　身ぃ倒し
追われるみたい　速足で
慌てそこから　去《い》って仕舞《ま》う

（七十三段）

位《くらい》て云《ゆ》うん　良《え》えもんや
同《おんな》じ人で　あったかて
大夫《たいふ》の君や　侍従君
とか呼ばれてる　その時は
ほんま愚弄《からかい》易いけど
中納言とか　大納言
大臣《おとど》なんかに　昇進《のぼ》ったら
無下にする人《ん》は　誰も無《の》て
高貴《たこう》て　畏れ多《おお》見える

【大夫《たいふ》の君】
五位にはなったが官
職のない名家の子弟

【侍従君】
侍従の内最下位の従
五位下の者
※侍従
帝の側付き人

それほど身分《み》高こ　無かっても
受領《ずりょう》なんかも　同《おんな》じや
いろんな国に　赴任して
大弐《だいに》や四位や　三位《さんみ》とか
（大宰府の次官）
そんな位に　なったなら
上達部《かんだちめ》らも　その人を
高貴扱い　するみたい
女はそう云《ゆ》う　訳行かん

宮中とかで　云《ゆ》うたなら
御乳母《おんめのと》やら　典侍《ないしすけ》
（帝の子の乳母）（尚侍司の次官）
三位《さんみ》やとかに　なったなら
重々《おもおも》しゅうは　あるけども
偶々《たまたま》出世　しただけで
何《なん》ぼのもんじゃ　思うんや

それすらそんな　多《おお》は無い
受領《ずりょう》の　北の方なって
任国下る　人とかを
普通《なみ》の身分の　行き着ける
最高《きわみ》や思て　他の女《ひと》
（良えな）て羨む　みたいやで

普通《なみ》の身分の　女でも
上達部《かんだち》とかの　北の方《ん》に
なってその娘《こ》が　后《きさき》とか
なったらこれは　素晴らしい

そうは云《ゆ》うても　男なら
若いうちでの　出世こそ
これが良《え》えのに　決まってる

某《なんとか》て云《ゆ》う　肩書を
言うて出歩く　法師《ぼんさん》も
どれほどの人物《もん》　云《ゆ》うのんじゃ

有難そうに　経読んで
例え見た目が　良かっても
女房とかにも　侮られ
十把絡《じっぱから》げに　見られてる

そんな法師《ぼんさん》　出世して
僧都や僧正　なったなら
これ見てどんな　人らかて
まるで仏が　来たみたい
びくつき狼狽《うろた》え　畏まる

こんなガラッと　変わるんは
他には滅多　あらへんわ

（百八十一段）

【僧官】
・上に「僧綱《そうごう》」があり下に「有識《うしき》」がある
・僧綱に属するのが、上から僧正・僧都・律師
・有識に属するのが已講《いこう》・内供《ないぐ》・阿闍梨《あざり》

生まれ変わって　天人《てんにん》に
なったん違《ちゃ》うか　思うんは

ただの女房で　居ったんが
帝の子の乳母　なった女《のん》

唐衣《からぎぬ》着んで　下手すると
裳おかて着けん　恰好で
帝《みかど》の前で　添い寝して
帳台の中　居場所にし
女房どもを　呼び付けて
自分《おのれ》行ったら　良《え》えのんに
自分《われ》の局に　使者《つかい》出し
文の取次　とかさせる

これ言い出すと　際限《きり》ないわ

これまで雑色《ぞうしき》　してたんが
（宮中の雑役夫）
何《なん》と蔵人《くろうど》　なったんは
これは真実《ほんま》に　びっくりや

去年《こぞ》の霜月　その時の
賀茂の臨時の　祭りでは
琴とか持って　歩いてて
人間《ひと》とは見えん　やったのに
公達《きんだち》とかと　肩並べ
歩くん見たら　（誰やろか）
と思うほど　立派やわ

そんな身《み》分低くで　ないのんが
蔵人《くろうど》とかに　なったんは
これほどびっくり　為《せ》んけども

（二百三十一段）

雪が深《ふこ》うに　積もってて
今もまだ降る　その時に
五位の人らも　四位とかの
身形《みなり》すっきり　若いんも
外《はず》した石帯《せきたい》　痕《あと》残る
色の綺麗《きれえ》な　袍《ほう》とかの
（正装時の上着）
裾を袴に　たくし込む
宿直《とのい》姿に　姿《なり》変えて
雪に色映え　濃う見える
紫色指貫《むらさきさしぬき》　とかを着て
衵《あこめ》は　紅《くれない》　また他に
派手な山吹色《やまぶき》　外に出し

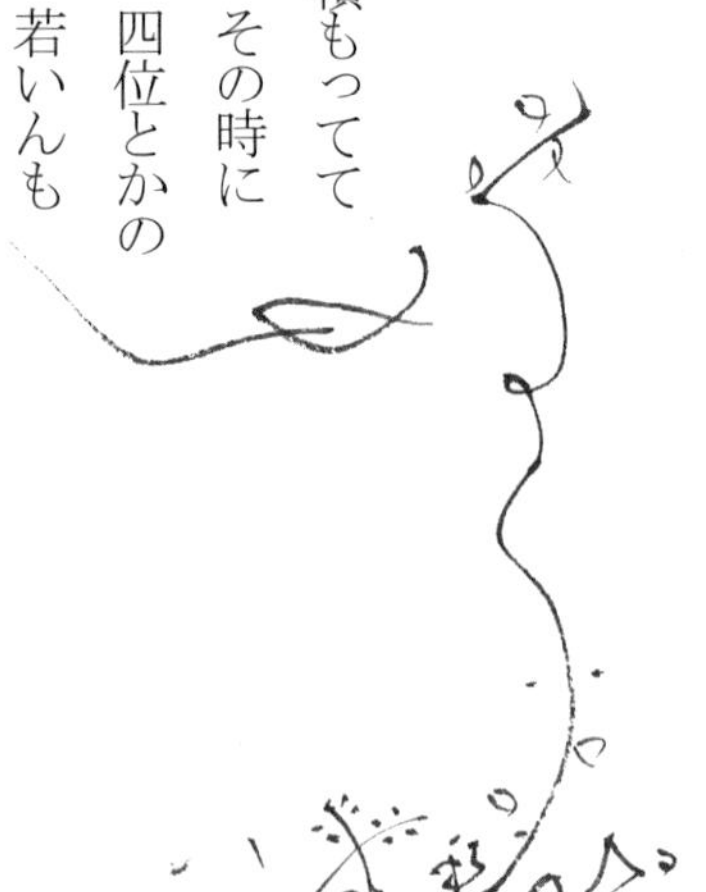

【石帯《せきたい》】
飾り石の付いた革帯

【衵《あこめ》】
男が正装で下襲と単衣《ひとえ》の間に着る衣服

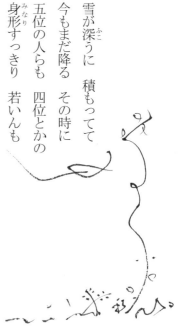

差す傘《からかさ》は　風強よて
雪横殴り　吹くのんで
ちょっと傾け　歩いてて
履いてる靴の　深沓《ふかぐつ》や
半靴《はんか》の上の　飾りまで
雪が白《しろ》うに　掛かってん
大層《えろう》趣《おもむき》　良かったわ

（二百三十二段）

朝の早ように　細殿《ほそどの》の（細長の廂間）
遣戸《やりど》（引き戸）押し開け　そこ見たら
湯殿の馬道《めどう》　通り抜け
宿直《とのい》を下がる　殿上人《てんじょびと》
着崩れ直衣《のうし》　指貫《さしぬき》が
大層《えろ》乱れてて　その外《そと》に
出てる色んな　袿《うちき》（内側に着る服）をば
押し込みながら　北の陣（内裏の北門）
そっちへ行こと　歩いて来《き》
開《あ》いた遣戸《と》の前　通る時
寝惚け恥ずかし　思うんか
纓《えい》前回し　顔隠す
これ何《なん》やしら　滑稽《おっかし》い

（二百三十三段）

【馬道《めどう》】
・殿舎の中を貫通している長廊下
・元々は殿舎と殿舎の間に厚板を渡した通路
・馬を中庭に入れるときに取外せる簡単な物

【纓《えい》】
冠の後ろに垂らす装飾具

時間《とき》告げるんは　大層《えろ》興趣《おか》深し
非常《ごっつう》寒い　夜中とか
コポコポ沓《くつ》を　引き摺《ず》って
弓弦《ゆづる》なんかを　打ち鳴らし
「某所家《どこそこ》の　何某《なにがし》や
　時は丑三《み》つ」「子《ね》四《よ》つ」とか
言《ゆ》うん遠くで　聞こえてて
時の杭《くい》刺す　音するん
大層興趣《えろうおっか》深し　思うんや

「子《ね》え九つ」や　「丑八つ」
とか宮中を　知らん人
言《ゆ》うてる様《よ》やが　どの時も
杭を刺すんは　四《よっ》つやと
決まってるんや　これ真実《ほんま》

（二百七十五段）

【時の杭《くい》】
時を知らせる札《ふだ》を刺し
立てるのを支えた棒杭

陽《ひ》ぃうららかな　昼頃や
また大層《えろ》夜更け　子《ね》の時の（午前零時頃）
帝寝てはるか　思《も》う時分
「蔵人《くろうど》居るか」　呼ばれるん
これまた大層《えろう》　良《え》えもんや
夜中時分に　笛の音が
聞こえるこれも　感じ良《え》ぇ

（二百七十六段）

雷酷《ひど》う　鳴る時の
落ちん様《よ》祈る　その陣は
物々しいて　非常怖《ごっこわ》て
左右の　近衛大将（帝の親衛隊）や
中将・少将　とかとかが
清涼殿の　格子脇
そこ居るのんは　可哀想や
鳴り終わったら　大将が
命令下《くだ》し　「降りろ」言《ゆ》う
（二百八十一段）

左右《さゆ》の衛門（諸門の警護員）の　尉《じょう》（三等官）とかを
「判官《ほうがん》」言《ゆ》うて　呼んどって
大層怖《えろうこわ》ぁて　偉いやと
皆《みんな》思うて　居る様《よ》やが
夜回りの時　細殿《ほそどの》に
入って寝てん　見苦して
布で作った　白袴
それとか几帳　引っ掛けて
袍《ほう》の長《なご》うて　嵩張《かさば》るを
丸め掛けてん　場違いや

裾を太刀先　引っ掛けて
立ち歩いてん　まだ良《よ》うて
普段《つね》の時から　青色《あおいろ》服を
着てたら良《え》えな　思うんや

『見たんは有明　月の下』
とか云《ゆ》う和歌《うた》が　あったけど
この和歌《うた》誰の　やったやろ

（二百九十六段）

第八章　女房らとも打ち解けて

同じ宮仕《つか》えの　女房らとでも
喋り遊びて　打ち解け過ごす

「何《なん》で初めて　官位貰《ちいもろ》た
六位の笏《しゃく》を　作るんに
識《しき》の御曹司《みぞうし》　辰巳《たつみ》での
（中宮関係の事務所）（「立身」を意識）
築地《ついじ》の板を　使うんや
それ使うなら　西、東
そっちの板も　使《つこ》たら良《え》」
と言い出した　女房居《にょぼ》って
気ぃなる物《もん》の　話へと

「着物なんかに　味気ない
名ぁ付けるんは　奇妙《おっかし》で
中で細長《ほそなが》　云《ゆ》うのんは
これはまこれで　良《え》えとして
何《なん》で汗衫《かざみ》て　云《ゆ》うんやろ
尻長《しりなが》云《ゆ》たら　良《え》えのんに」
「汗衫《かざみ》云《ゆ》うたら　何《なん》やしら
男の子着る　物《もん》みたい」
「何《なん》で唐衣《からぎぬ》　云《ゆ》うんかな
短衣《みじかぎぬ》でも　良《え》えやろに」
「そやが唐土《もろこし》　そこの人
着てるんやから　良《え》ん違《ちゃ》うか」

【汗衫《かざみ》】
・男女共に着る汗取りの単《ひとえ》の短衣
・童女などの上着となることも

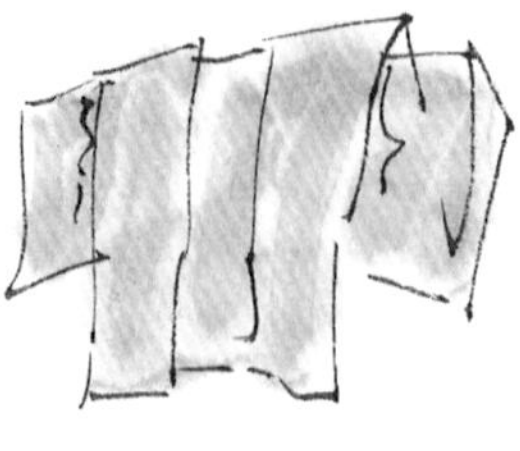

「袍《うえのきぬ》（正装時の上着）やら　上袴
まあこれなんか　これで良《え》え
下襲《したがさね》（正装時の下着）かて　まぁ良《え》えか」
「大口《おおぐち》（大口袴）とかも　良《え》しと仕様《しょう》
長さに比べ　口広い」

「袴は詰まらん　名前やで」

「指貫《さしぬき》何《なん》で　そう言《ゆ》んや
足の袋で　良《え》えやろに
似た物《もん》　全部《みんな》袋やわ」

と言《ゆ》い合《お》うて　何《なん》や彼《か》や
ガヤガヤ　ワイワイ　言《ゆ》うてんで

「ええい五月蝿い　もう終わり
さっさと寝ぇ」て　私《うち》言《ゆ》たら

夜居《よい》の僧侶《ぼんさん》　突然《だしぬけ》に
「止《や》めたらアカン　もっと言《ゆ》い
夜通し掛けて　喋っとれ」
と憎らし気《げ》　声荒げ
言《ゆ》うたん聞いて　滑稽《おっかし》と
びっくりとかが　一緒来た

（百二十九段）

【夜居《よい》の僧】加持祈祷などのため夜間人に付き添っている僧

宮仕《つか》える女房《にょぼ》に　通う男《ん》が
局《つぼね》で物を　食《く》うのんは
みっとも無《の》うて　敵《かな》わんわ

食べさす女房《にょぼ》も　気に入らん

好いてくれてる　女房が
「さあ」て気ぃ良《よ》う　言《ゆ》うのんに
まるで穢《きたな》い　物《もん》みたい
口を塞いで　顔とかを
背《そむ》ける訳も　行かんので
仕方《しょう》無《の》う食《く》うて　居るんやろ

大層《えろう》に酔うて　仕方《しょう》なしに
夜お更けて仕舞《も》て　泊っても
私《うち》絶対に　湯漬けとか
出さんで置こう　思うてる

(気ぃ利《き》かへんな)　思われて
来《こ》ん様《よ》なっても　構へんわ

実家《さと》に下がって　居る時に
奥からそっと　出すのんは
仕方《しょう》ないかなと　思うけど
それもやっぱり　見苦しい

(百八十九段)

十月十日　過ぎの日の
大層《えろう》に月の　明るい夜
「散歩しょうか」と　女房らの
十五、六人　揃《そろ》うてに
濃い紫の　上着着て
裾を絡《から》げて　居ったけど

背えの小《ち》っちゃい　中納言《ちゅうなごん》君
糊張り紅《べに》の　着物《ふく》を着て
髪襟の前　出しとんは
可哀想やけど　この恰好《なり》が
何《なん》や卒塔婆《そとば》(五輪塔)の　様やった
そんな姿《なり》見て　若女房《にょぼ》ら
「ずんぐり雛」と　名ぁ付けて
後ろ歩いて　笑うけど
当の本人　知りよらん

（二百五十八段）

そんな積もらん　雪とかが
うっすら降った　その景色《ながめ》
大層《えろう》風情《ふぜえ》が　ある思う

また雪深う　降ったかて
夕暮れ端近　出て来てに
気の合う同士　二、三人
火桶中置き　喋《しゃべ》ってて
暗《くろ》なったのに　灯火《ひ》点《っ》けんで
雪の光で　何《なん》と無《の》う
白《しろ》う明るう　見える中
火箸で灰を　掻き回し
しんみりとした　話やら
興味《おもしろ》深いこと　話すんは
趣《おもむき》深い　気ぃがする

宵も過ぎたか　思《も》う時分
沓《くつ》音近《ちこ》う　聞こえたを
(何《なん》や)と思て　外見ると
時々こんな　時とかに
ひょっこり顔出す　男《ひと》やった

「今日雪大層《えろう》　降ったんで
どないしてるか　思てたが
仕様《しょ》も無いことに　感《かま》けてて
そこで昼間を　過ごしてた」
と言《ゆ》ん　「雪やが無理《おし》て来た」
云《ゆ》う和歌《うた》のこと　言《ゆ》てる様《よ》や

【雪やが無理《おし》て】
山里は
雪降り積みて
道もなし
今日来む人を
有難《あはれ》とは見む
――拾遺集――

昼間にあった　こととかを
話し始めて　そのうちに
いろんなことを　話する
敷物円座《しきもんわろうだ》(藁の丸敷)　出したけど
片っぽの足　地ぃに着け
鐘の音する　時分まで
部屋内ででも　外とでも
こないし喋《しゃべ》るん　飽きひんわ

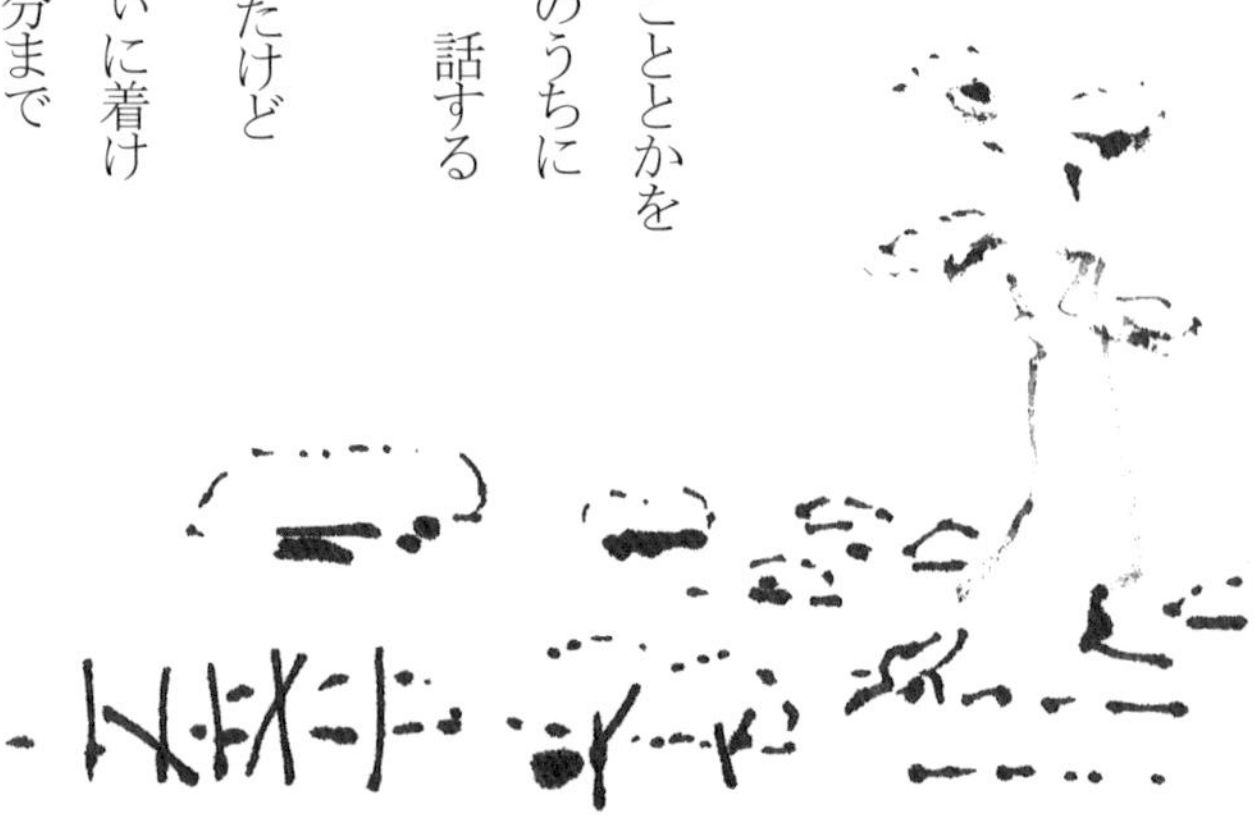

明け方前の　帰りがけ
「某《なんとか》山に　雪満てり」
と漢詩《うた》謡うん　情緒ある

（女ばかしで　居ったなら
こうも居明かし　出来《でけ》へんが
男がそこに　混ざったら
面白興趣《おかしゅ》深う　なるもんや）
と皆《みんな》して　言い合《お》うた

（百七十六段）

【某《なんとか》山に】
暁《あかつき》入梁王之苑《りょうおうのそのにいれば》
雪《ゆき》満群山《ぐんざんにみてり》
夜《よる》登庾公之楼《ゆこうのろうにのぼらば》
月明千里《つきあかりせんりにてれり》
―和漢朗詠集―

今朝《けさ》はそうとは　見えなんだ
空大層《えろ》暗う　曇ってに
辺《あた》り暗《くろ》する　雪降って
大層《えろ》心細そ　外見《み》とったら
白う積もった　雪の上
まだまだ激し　降ってるに
随身《ずいじん》（警護役舎人）やろか　細い人《ん》が
笠着て横の　塀抜けて
入って手紙　差し込むん
これは何《なん》とも　嬉しがな

陸奥紙《みちのくがみ》の　真っ白か
白色紙《いろがみ》の　結び文
（略式の文）
それの封じ目　書いたんが
凍って仕舞《も》たか　終わりの方《ほ》
薄うなってん　開《ひら》いたら
大層《えろ》細《ほ》そ巻いた　巻き痕《あと》が
デコボコなってる　その紙に
墨大層《えろ》黒う　また薄う
行の間狭《せも》う　裏表
ぎっしり書いて　あるのんを
何遍《なんべん》とかも　長《な》時《ご》間かけて
読んでるのんは　（何《なん》やろ）と
傍目《はため》で見ても　良《え》えもんや

【陸奥紙《みちのくがみ》】陸奥で多く産した、上質の和紙

その上読んで　微笑《ほほえ》むん
内容《なかみ》知りとう　なるけども
離れてるんで　こっちから
黒い字ぃしか　見えんので
（多分なぁ）とか　思うんや
額髪《ひたいがみ》とか　長かって
顔立ちとかの　良《え》え人が
暗《くろ》なってから　文貰ろて
火ぃ灯す間も　惜しいんか
火桶の火とか　挟《はさ》み上げ
読み辛《づら》そうに　見てるんは
これは何《なん》とも　感じ良《え》ぇ

（二百七十九段）

節分違え《せつぶんたが》　とか行って
夜の遅うに　帰る時
寒うて寒て　堪《たま》らんで
顎《あご》が落ち相《そ》に　なるのんを
堪《こら》えようよう　帰り着き
火桶引き寄せ　探ったら
何《な》も黒い所《とこ》　無いのんの
大っきい炭火《ひい》の　輝《ひか》るんが
覆《おお》った灰から　出て来たん
これは非常《ごつつう》　嬉しいで

【節分違え《せつぶんたが》】春の節分（立春の前夜）に方角を良くし、新年を迎えるための方違え

また話し込み　為《し》とってに
火消《き》え掛かってん　気付かんを
他女《ほか》がそこ来て　炭入れて
火ぃ熾《おこ》すんは　これ癪《しゃく》や
けども元の火　囲《かこ》ってに
炭周《まわり》囲置く　これは良《え》ぇ
火ぃを全部《ぜえんぶ》　掻き出して
炭重ね置き　その上に
除《の》けた火置くん　これアカン

（二百八十三段）

遠江守《とおとみかみ》の　息子とで
親しゅうなった　女房が
「其男《あいつ》が同じ　宮に居る
他の女房と　デキてるて
聞いて問い詰め　したんやが
『親の名賭《か》けて　誓うけど
真っ赤な嘘や　夢でかて
そんな女に　逢《お》うとらん』
とか言《ゆ》うんやが　どないしょう」
とをこの私《うち》に　訊《き》くのんで
「遠江《とおとみ》の
神に賭けても　誓こてんか
絶対《きっと》浮名の　端《かけら》も為《せ》んと」
とか言《ゆ》うたりと　教《おせ》たった

（三百段）

誓へ君
遠江《とおつおうみ》の
神かけて
むげに浜名の
橋見ざりきや

見付けられたら　困る場所《とこ》
そこで男と　逢《お》てた時
（誰かが見たら）　思うてに
胸をドキドキ　させてたら
「何《なん》でそわそわ　するのんや」
とかその男　訊《き》くのんで
「逢《お》うてたら
常時《いつも》この胸　脈走る
見付ける人が　居るか思たら」
とをこの私《うち》は　言《ゆ》うたった

（三百一段）

逢坂は
胸のみ常に
走り井の
見つくる人や
あらむと思《も》へば

「真実《ほんま》かその内　下向《くだる》やて」
とか訊《き》いた男《ん》に　この私《うち》は
「何《な》や急に
思いも為《せ》んわ　左遷やて
誰言《ゆ》うたんや　そんな出鱈目」
とかを上手《うもう》に　言《ゆ》うたった

（三百二段）

思ひだに
かからぬ山の
させも草
誰か伊吹の
里は告げしぞ

第九章

本領発揮清少納言

帝や中宮　これ向かいても
怖《お》めず臆せず　その機智にて
返す遣り取り　これ見事なり

僧都の君の　隆円《りゅうえん》の（中宮定子の弟）
御乳母《めのと》なんかと　この私《うち》が
御匣様所《みくしげはんに》（中宮定子の妹）　居った時
板敷の傍　下男来て

「酷《えら》い目遭《お》うた　こんなこと
誰に言《ゆ》うたら　良《え》えんやろ」
と泣きそうに　言《ゆ》うのんで
「どないしたんや」　訊《き》いたると

「ちょっと間　家を空《あ》けてたら
住んでる家《とこ》が　焼けて仕舞《も》て
ヤドカリみたい　他所家《よそ》に尻
突っ込み住んでん　情けない

馬寮《めりょう》の秣《まぐさ》　積んどった
家から火ぃが　出た様で
垣根隔ての　隣家《となり》やで
夜殿《よどの》（寝室）寝とった　妻《かかあ》かて
もちょっとしたら　死ぬとこで
何《な》も持出《だ》されんで　丸焼けや」
と言《ゆ》うたんを　聞いとって
御匣様《みくしげはん》は　大層《えろ》笑う

【馬寮《めりょう》】
馬の調教・飼育・管理などを司る役所

そこでこの私《うち》　思い付き
《草萌《も》やす
春の日とかで　何《なん》でまた
広い淀野が　燃え尽きるんや》
と書きそこ居る　女房に
「これ遣り」言《ゆ》うて　放《ほお》ったら
大声出して　笑《わろ》うてに
「ここのお方が　家焼《や》けた聞き
可哀想にと　下賜《くだ》さった」
言《ゆ》て渡したら　それ広げ

みまくさを
もやすばかりの
春の日に
よどのさへなど
残らざるらむ

「これはどう云《ゆ》う　書付で
何程《なんぼ》くらいが　貰えるん」
とか言《ゆ》うたんで　また私《うち》が
「読んだら良《え》んや」　言《ゆ》うたなら
「何《なん》で読めるか　字ぃ知らん」
と偉そうに　言いよんで
「誰かに読まし　この私《うち》は
（すぐに）言《ゆ》われて　居るのんで
急《せ》えて参上　せんならん
そんな立派《ええ》のん　貰《もろ》たのに
何をグズグズ　為《し》てるんや」
言《ゆ》うて皆《みんな》で　笑い転《こ》け
そのまま中宮様《みやはん》　所《とこ》行った

中宮様《みやはん》の前　行ってから
「誰かにあれを　見せたかな
　何書いたぁる　分かったら
　どんだけ腹を　立てるやろ」
とか御乳母《おんめのと》　言《ゆ》うたんで
またまた皆が　大笑い
聞いて中宮様《みやはん》　これもまた
「何《なん》でそないな　阿保なこと」
とか言《ゆ》て笑い　はったんや
（二百九十八段）

中宮様《はん》の　兄弟《はらから》や
公達《きんだち》、殿上人とかが
中宮様《みやはん》の前　大勢《よけ》居って
私《うち》は廂間《ひさし》の　柱寄り
女房と話　してた時
中宮様《みやはん》何《なん》か　投げて来た

開いて見たら　その紙に
《好いたろかいな　どうやろか
　一番違《ちゃ》うが　良《え》えかいな》
と走り書き　書いたぁる

そう言《い》や以前《まえ》に　こんなこと
中宮様《はん》の　前とかで
皆でわいわい　言《ゆ》てた時
「一番違《ち》ごたら　甲斐ないで
そんなやったら　憎まれて
邪険される方《ほ》　まだ増しや
二番、三番　云《ゆ》うんなら
私《うち》は死ぬ方　選ぶがな
絶対一番　一番や」

言《ゆ》うたら　傍の女房が
「それ法華経で　云《ゆ》うてるの
『一乗の法』　みたいやな」
とかとか言《ゆ》うて　笑《わろ》てたん
覚えてはって　そのことを
書いてこっちに　投げたんや
筆と紙とを　下賜《くれ》たんで
《九品《くほん》蓮台　云《ゆ》うんなら
私下品《うちげぼん》でも　構《かめ》へんで》
と書いて中宮様《みや》に　渡したら

【一乗の法】
衆生を彼岸に渡す乗り物は仏法が唯一のものであるという教え

【九品《くほん》蓮台】
・極楽浄土にある九等級の蓮の台
・上品上生《じょうぼんじょうしょう》　・上品中生・上品下生《げしょう》　・中品上生・中品中生・中品下生・下品《げぼん》上生・下品中生・下品下生の九つ

「何《なん》や自分を　卑下すんか
情けないこと　言《ゆ》いないな
言《ゆ》い切ったんを　貫きや」
と中宮様《みやはん》が　言《ゆ》うのんで

「それは相手に　よりまっせ」
とにこの私《うち》が　また言《ゆ》たら
「それがアカンて　言《ゆ》うてんや
一番好きな　人にこそ
〈其女《あんた》が一番なんや〉　云《ゆ》て
思われたいと　思わんか」
と中宮様《みやはん》が　言《ゆ》うたんで
（そらそやなぁ）と　私《うち》思た

（九十七段）

殿上間から　梅花の
全部《ぜんぶ》散った　枝持って
「これどうやろか」　訊《き》くのんで
「大層《えろ》早よ落ちて　仕舞《しも》うたな」
とただそれだけ　言《ゆ》うたった

そのうち殿上人《てんじょう》　黒戸（黒い板戸の部屋）来て
大勢《ようけ》でこの漢詩《し》　謡《うと》てたら
それ聞かはって　帝様《みかどはん》
「中途半端な　和歌《うた》よりも
よっぽど気ぃが　利《き》いてるで
上手《うもう》答えた　もんやな」と
言《ゆ》うたて云《ゆ》うん　私《うち》聞いた

（百一段）

【大層《えろ》早よ落ちて】
大庾嶺之梅《たいゆれいのうめ》早落《はやくもおつ》
誰《だれか》問粉粧《ふんそうをとわん》
匡廬山之杏《きょうろざんのあんず》未開《いまだひらかず》
豈趁紅艶《あにこうえんをおわんや》

（峰の梅花散り過ぎぬ
誰訪ねるやその艶を
山の杏《あんず》はまだ咲かぬ
誰赴くやそれを見に）
――和漢朗詠集――

「細殿《ほそどの》とかに　似合わ男《ん》が
(細長の廂間)
明方《あけ》に傘さし　出て行った」
とか云《ゆ》う噂　出てるんを
聞いたら何《なん》や　私《うち》のこと
地下《じげ》や云《ゆ》うても　それほどに
身分《み》ぃ低く無《の》うて　他人《ひと》さんに
どうこ言《ゆ》われる　男違《ひとちゃ》うに
(怪訝《おっかし》なぁ)と　思てたら
中宮様《みやはん》からの　文届き
「返事をすぐに」　言《ゆ》うて来た

【地下《じげ》】
・昇殿を許されない官人
・一般には六位以下

(何《なん》やろ)思て　見てみたら
大っき傘の絵　描《か》いたって
人は描《か》かんで　手えだけが
傘握《にぎ》ってて　下の方《ほ》に
《朝の早ように　男《ひと》が出て》
とだけが何《なん》や　書いたぁる
ちょっとしたこと　捉《つか》まえて
面白可笑《おか》し　言いはんで
恥ずかしことや　不都合は
絶対見せん様《よ》　思うのに
噂《これ》知られたん　辛いけど
中宮様《ちゅうぐはん》から　来た文が
大層《えろう》興趣深《おもしろ》　思たんで

三笠山
山の端《は》明けし
朝《あした》より
雨ならぬ名の
立ちにけるかな

あやしくも
我が濡れ衣を
着たるかな
三笠の山を
人に借られて
〈他の誰かに
嘘を言われて〉
―拾遺集―

別の紙とか　取り出して
雨酷《ひど》降るん　描いてから
その下の方に　《『降らんのに
衣《ふく》濡れたんや』　云《ゆ》うことで
出てた噂は　濡れ衣《ぎぬ》や》
と書いたんを　届けたら
右近内侍《ないし》に　話してに
笑いはったて　云《ゆ》うこっちゃ

（二百二十四段）

清水寺《きよみずでら》に　この私《うち》が
籠って居った　時やった
中宮様《みやはん》態々《わざわざ》　使者《つかい》くれ
届いた文の　唐紙《とうがみ》の
赤ばんだんに　草仮名で

《山近の
入相鐘《いりあい》の　鳴る度《たんび》
其女《あんた》思う気　積み重なるわ
そやのに大層《えろう》　長居やな》
と恨み言　書いたった

ちゃんとした紙　持ってない
出先やのんで　仕方無《しょうの》うて
紫色の　蓮造花《はすのはな》
それに返事を　書いたんや

（二百二十七段）

山近き
入相鐘の
声ごとに
恋ふるこころの
かずは知るらん

雪が大層《えろ》高こ　積もってて
普段《つね》はそうして　居らんのに
格子下《おろ》した　ままやって
炭櫃《すびつ》(角火鉢)に火とか　これ熾《おこ》し
集まり話　してた時
「これ　そこに居る　清少納言《しょうなごん》
香爐峯《こうろほ》の雪　どうやろか」
と中宮様《みやはん》が　言《ゆ》うたんで
私《うち》格子とか　上げさして
簾うを高《たこ》うに　上げたんで
中宮様《みやはん》（にこり）　笑われた

【香爐峯《こうろほう》の雪】
遺愛寺鐘《いあいじのかね》　欹枕聴《まくらそばだてきき》
香炉峰雪《こうろほうのゆき》　撥簾看《すをかかげみる》
(遺愛寺の鐘は
　枕を欹《そばだ》てて聞き
香炉峰の雪は
　簾を掲げて見る)
—白氏文集—

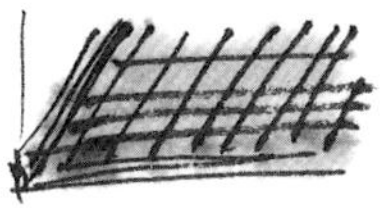

それ見て皆は　感心し
「そんなん皆《みんな》　知っとって
声出し謡《うと》たり　するけども
簾う上げるまで　気付かへん
やっぱりここに　居る女房《にょぼ》は
そうと気付かな　アカンのや」
と言《ゆ》てこの私《うち》　褒めたんや
（二百八十四段）

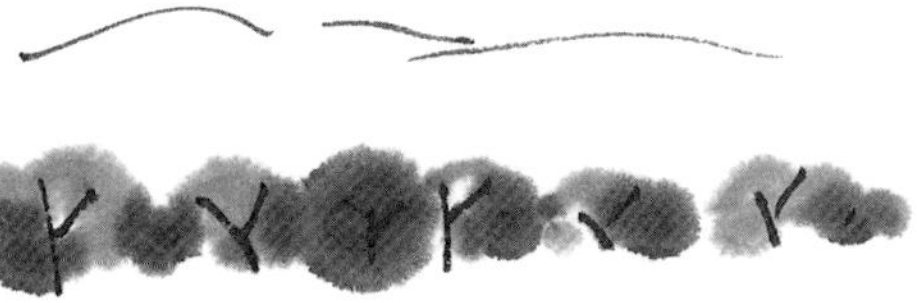

宮仕《つか》え始めた　その後にての
話いろいろ　為《な》し来たるやも
元の時代の　話に戻る
為に新参　私《わらわ》がまたも・・・

第十章　絶頂なるや関白さんは

一条帝《みかど》　即位によりて
絶頂極めし　兼家《かねいえ》子らの
道隆・道兼　道長なるは
短期昇進　出世を為せり

兼家《かねいえ》死して　その後継《つ》ぎし
藤原道隆　娘の定子《ていし》
中宮にとて　一条帝《みかど》に出《い》だし
妹原子《げんし》（淑景舎）　東宮妃にと
息子藤原伊周《これちか》　内大臣に
弟《おとと》藤原隆家《たかいえ》　権《ごん》中納言
まさに権勢　これ極まれり

【道隆関係系図】

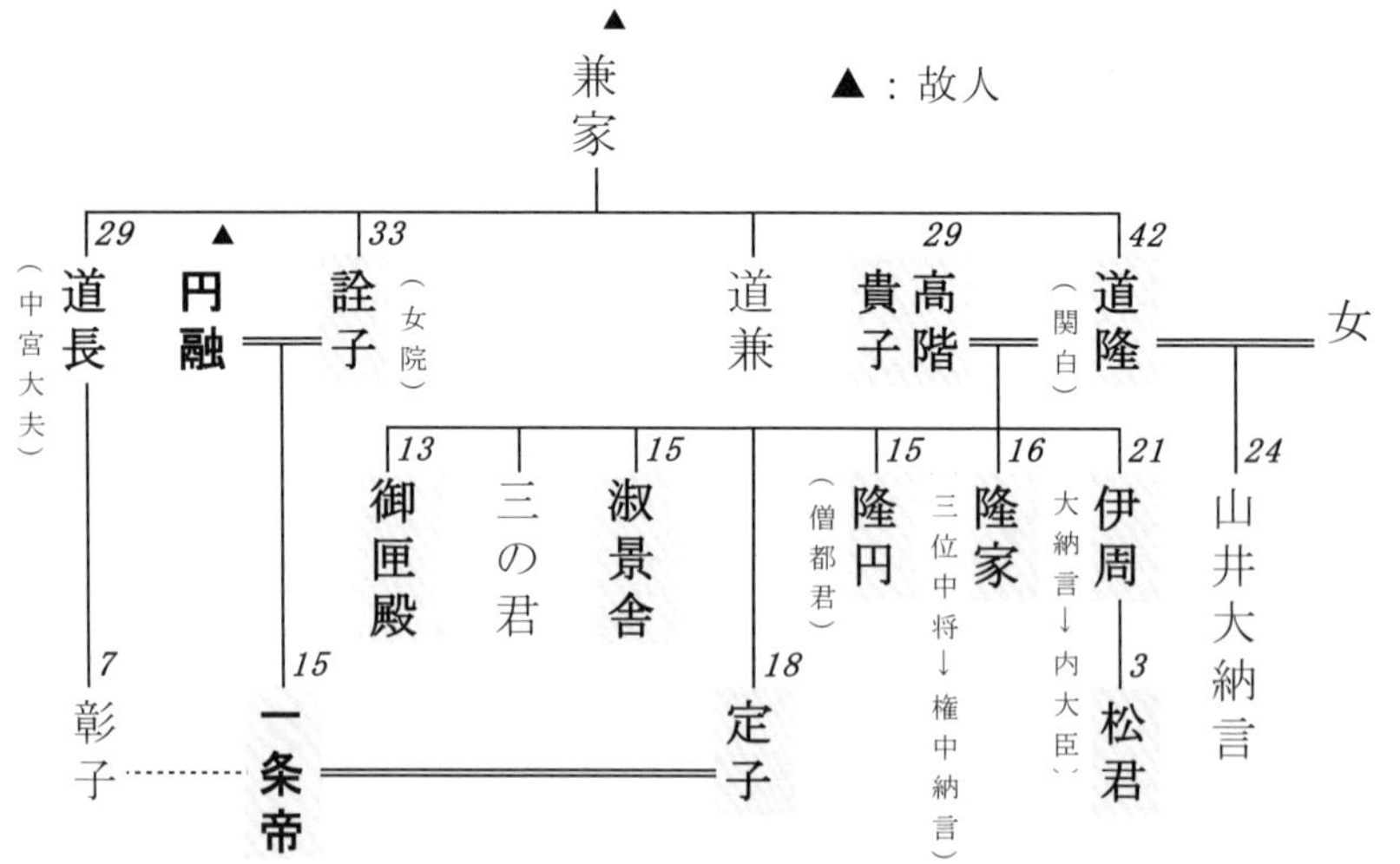

二月の　二十一日に
関白様《はん》の　道隆が
一切経の　供養をば
父親《おや》の兼家　住んどった
法興院《ほこいん》中の　積善寺《しゃくぜんじ》
そこのお堂で　される時
帝の母御で　関白の
妹で中宮《みや》の　叔母さんの
女院来ること　なっとって
二月一日　その頃に
中宮様《はん》は　先立って
二条の宮に　移られた
移り作業の　ドタバタで
私《うち》眠とうて　その時は
邸《やしき》の様子　見ぃひんだ

【一切経】
釈迦の説いた教えなどを全て含むお経

【法興院《ほこいん》】
・元藤原兼家の　邸《やしき》を寺にしたもの
・そこに道隆《しゃくぜんじ》が作ったお堂が積善寺

翌朝《あくるあさ》なり　うららかに
日ぃ昇るころ　起き見たら
新築らしゅう　白い木で
洒落た感じで　作ってて
新し簾とか　色々は
昨日《きのう》に掛けた　様やって
他《た》の調度《しつらい》や　帳《ちょう》台傍の
獅子や狛犬　いつの間に
ここに座って　居るんかと
思たら何《なん》や　滑稽《おっかし》い

高さ一丈《いちじょう》 位での
桜大量《いっぱい》 咲いてんが
階段《きさはし》下に 見えるんで
今まだ梅が 盛りやに
大層早《えろ》よ咲いた もんやなと
思うて見たら 造花《にせ》やった

花の色艶 とか全部
本物《ほんもん》比べ 負けんのは
作るん苦労 したやろが
雨が降ったら 萎《しぼ》むやろ
そう思うたら 可哀想や

小家《こいえ》が多数《ようけ》 立ってたを
壊して新た 建てたんで
木とか見所 何《な》もないが
新し建てた 建物《たてもん》は
洒落てて親しみ 易《やす》いんや

思て見てたら そのそこへ
関白様《はん》が 来はったで
(藤原道隆)
青鈍《あおにび》色固文《かたもん》 指貫《さしぬき》に
(青みがかった薄藍色)
桜襲《がさね》の 直衣《のうし》着て
紅の単衣《ひとえ》の 三枚を
直衣《のうし》に重ね 着てはった

【固文《かたもん》】
模様が沈むように織り上げた織物

【桜襲《がさね》】
表が白で裏が紫か赤の色目

中宮様《みやはん》始め　女房《にょぼ》ら皆
濃いや薄いの　紅梅《こうばい》色の
固文《かたもん》付きや　紋無しの
織物《おりもん》とかを　着てたんで
ただもう部屋の　中全部
光溢《あふ》れて　見える様《よ》や
着てる唐衣《からぎぬ》　その色は
萌黄《もえぎ》　柳に　紅梅も
（黄色がかった緑色）
中宮様《みやはん》の居る　その前に
関白様《はん》が　座りはり
何《なん》やら話　してなさる
中宮様《みやはん》上手《うも》う　応《こた》えるを
実家《さと》の人らに　ちょっとでも
見せたい思て　私《うち》拝見《み》てた

女房《にょぼ》ら見渡し　関白が
「中宮様《みやはん》どない　思うてる
こんな美人の　女房らを
ずらっと並べ　見てるんは
羨ましいぞ　この儂《わし》は
一人も不器量《ぶさいく》　居らんがな
こいつら皆《みんな》　揃うてに
立派《ええ》家柄《とこ》の娘《こ》や　見事やで
良《よ》う目ぇ掛けて　仕えさし
そやけど中宮《みや》の　性格を
どんなか知って　このここに
こんなに大勢《ようけ》　集《つど》てんや

大層《えろ》物惜しみ　する人で
どんな吝嗇《けち》かて　云《ゆ》うたなら
中宮《みや》が生まれて　ずうっと
儂《わし》も仕えて　居るけども
まだお下がりの　着物《ふく》一つ
下賜《もろ》たこととか　無いんやで

いいや陰口　とか違《ちゃ》うで
目の前居って　言《ゆ》うてんや」

とか言《ゆ》うのんが　可笑《おっか》して
女房ら皆が　笑《わろ》うたら
「真実《ほんま》のこっちゃ　嘘違う
阿保を言《ゆ》うなて　笑うけど
今に分かって　気落ち為《す》で」

とか言《ゆ》てる時　宮中《だいり》から
式部の丞《じょう》（人事担当三等官）の　何某《なんとか》が
帝の使者《つかい》で　そこへ来た

来た文取って　大納言（藤原伊周）
関白様《はん》に　渡したら
その上包《うわづつ》み　取り除《の》けて

「何《なん》や気になる　手紙やな
了解《ええ》て言《ゆ》うなら　開《あ》けよかな」

言《ゆ》て中宮様《みやはん》の　方を見て
「何《なん》や困った　顔をしてる
開《あ》けるやなんて　畏れ多《お》い」
と中宮様《みやはん》に　渡したが

受け取った文　開《あ》けんとに
じっとその手に　持ってんは
奥床しさが　滲《にじ》んでて
こんなん他に　無い思た

御簾の中から　女房が
使者《つかい》に敷物《しきもん》　差し出して
几帳立てたる　その傍に
三、四人ほど　座ってる

「あっちへ行って　褒美とか
　見繕い仕様《しよう》　ほんじゃぁ」と
言《ゆ》うて関白　立った後
中宮様《みやはん》文を　見はったで

着物《ふく》に色合《あ》わして　紅梅色《こうばい》の
薄様《うすよ》に返事　書いてはる
(薄い和紙)
その美意識《こころばえ》　抜群《ごっつええ》

こんな気配り　なさるんを
誰も気付かん　思うたら
私《うち》残念で　堪《たま》らんわ

関白様《はん》が　戻って来
「今日の使者《つかい》は　特別や」
言《ゆ》うて使者《つかい》に　褒美出す
女《おんな》装束　一式に
紅梅細長《ほそなが》　添えたぁる
肴《さかな》とか出し　酔わそ為《す》が
「今日は大役　受けてんで
何卒《なにとぞ》殿様《さん》　ご勘弁」
とて式部丞《じょう》　大納言《なごん》にも
断《ことわ》りそのまま　去《い》によった

中宮《みや》の妹《いもと》の　姫君《ひめ》らは
綺麗《きれえ》に化粧　されとって
紅梅色の　着物《ふく》とかを
「負けへんでぇ」と　着て居った
三番目ぇの　姫君《ひめはん》は
末の　御匣殿《みくしげどの》とかや
中姫君《なかひめ》よりも　大っき見え
奥方云《ゆ》ても　良《え》ぇくらい
母の奥方　来とったが
（道隆の正妻・高階貴子・三十九歳）
几帳傍寄せ　新参の
私《うち》らに姿　見せんので
（変わってるな）と　私《うち》思た

女房《にょぼ》らそれぞれ　集まって
供養の日ぃの　着物やら
扇のこととか　話してる

競争心《はりあいごころ》　隠してに
「私《うち》は何《なん》にも　為《せ》んとくわ
だたあるもんで　済ましとく」
とある女房　言《ゆ》うたなら

「またか　そんなん言《ゆ》うてから」
とに別の女房《にょぼ》　嫌み言《ゆ》う

夜になったら　女房《にょぼ》の中
準備《したく》に実家《さと》へ　帰ろうと
退出《でていく》のんが　多《お》いけども
(こういう時や　仕方《しょう》ない)と
中宮様《みやはん》止《と》めは　為《な》さらへん

隣に邸《やしき》　あるのんで
奥方毎日　やって来て
夜遅うまで　そこに居る

姫君《ひめさん》とかも　居てるんで
女房《にょぼ》らも多て　賑やかや

帝の使者《つかい》も　毎日と
中宮様《みやはん》訪ね　ここに来る

露に濡れても　庭の桜《はな》
色艶《つや》増しは　為《せ》んままで
陽《ひ》ぃとか当たり　萎《しぼ》んでに
見苦しなって　悔しのに
夜に雨降り　翌る朝
見るも無惨《あわれ》に　なって仕舞《も》た

早ように起きて　この私《うち》が
「『泣いて別れた』　云《ゆ》う顔に
準《なぞら》えたろと　思うけど
造り物《もん》やで　相《そ》は行かん」
と言《ゆ》うたんを　部屋中で
中宮様《はん》が　聞かれたか
「そうや雨とか　降った様《よ》や
どないなったか　あの桜《はな》」と
目ぇ覚まされた　その時に

【泣いて別れた】
櫻花
露に濡れたる　顔見れば
泣きて別れし　人ぞ恋しき
―拾遺集―

関白様《はん》の　邸《やしき》から
侍所《さむらいどこ》の　者《もん》とかや
下仕えやら　大勢《ようけ》来て
桜の根本　ばっと寄り
木ぃ引き倒し　抜き取って
こっそり持って　行ことする

「暗い内にと　言《ゆ》われたに
明こなり過ぎた　アカンがな
早よう早よう」と　倒し抜く

それ見とったら　何《な》や滑稽《おか》し

桜盗《と》ろとか　してるんを
「文句言《ゆ》うなら　言《ゆ》わしとけ」
と兼澄《かねずみ》の和歌《うた》　思い出し
理解《わかる》人なら　言《ゆ》うたろと
思うたけども　こんなこと
通じる人ら　違うんで

「誰や　花盗《と》んアカンがな」
言《ゆ》うたら大層《えろう》　慌ててに
木ぃ引きずって　逃げてった

（さすがやっぱり　関白は
風流心　持ってはる
濡れた花枝《んえだ》に　べったりと
付くん見苦し　思たんや）
そう思た私《うち》　見たことを
言《ゆ》わんで中へ　戻ったわ

【文句言《ゆ》うなら】
山守は
言はば言はなむ
高砂の
尾上《おのえ》の桜
折りてかざさむ
―後撰集・源兼澄―

掃司《かもんづかさ》が　やって来て
（庭掃除係）
格子なんかを　上げた後
主殿司《とのもづかさ》の　女官来て
（宮中の雑役婦）
掃除とか終え　その後に
中宮様《みやはん》起きて　来はったが
桜の花が　無いのんで

「わぁびっくりや　あの花は
何処いったんや」　言《ゆ》うてから

「『花盗人《どろぼ》や』と　明け方に
言《ゆ》うてや様《よ》やが　ただちょっと
枝とか盗《と》るか　思たのに
これ誰したん　見とったか」

と言《ゆ》うたんで　この私《うち》が
「いえ私何《うちなん》も　見てまへん
暗《くろ》うて良うは　見えへんが
白っぽい者《もん》　居ったんで
花を折るかと　気になって
『誰や』て声を　掛けたんや」

とか言《ゆ》うたなら　中宮様《みやはん》は
「そやけど全部　持ってくか
父上《おとう》隠した　思うけど」
と言《ゆ》いはって　笑うんで

「まさかそんなん　為ぇへんで
春風《はるかぜ》の所為《せい》　違《ちゃ》うやろか」
とにこの私《うち》が　言《ゆ》うたなら

「そんな洒落たん　言《ゆ》いとうて
見たん隠して　居るんやろ
盗まれたんと　違《ちご》うてに
雨降ったんで　古木《ふる》なって
持って行かした　違いない」
とか中宮様《みやはん》が　言いはんは
上手《うま》い洒落では　無いけども
何《なん》や良《え》ぇなあ　思うたわ

関白様《はん》が　来たのんで
(寝惚け朝顔　季節《き》に合わん)
とか思われる　嫌なんで
私《うち》奥入り　隠れたわ

そこ来てすぐに　関白が
「花あれへんや　どないした
全部盗られて　仕舞たんか
間抜けな女房　ばっかりや
朝寝坊《あさねぼ》してて　知らんのか」
とびっくりの　振り為《す》んで
(何を言《ゆ》うんや)　思て私《うち》
「早ように私《うち》は　起きてたが
『我より先に』云《ゆ》う様に
先に来とった　人居った」
とか小《ち》っちょうに　言《ゆ》うたなら

【我より先に】
桜見に
有明の月に
出でたれば
我より先に
露ぞ置きける
—忠見集—

それを耳敏《さ》と　聞かはって
「そや思とった　他女房《のん》が
『行って見る』とか　為《せ》んのんで
宰相《さいしょ》か其女《あんた》　やろうなと
推測《おも》とったんや　この儂《わし》は」
と大層《えろ》大っき　笑《わろ》たんや
「そやったのんに　この清少納言《なごん》
『春風《はるかぜ》や』とか　言《ゆ》うとった」
と中宮様《みやはん》が　微笑《ほほえ》むん
大層《えろう》趣《おもむき》　良かったで

口惜《くや》し思たか　関白は
「『春風《はるかぜ》』なんて　嘘言《ゆ》いな
　もう田ぁ耕作《つく》る　季節やで」
言《ゆ》うてその和歌《うた》　口遊《ずさ》む
これ大層《えろ》優雅《よう》て　風情《ふぜえ》ある

「そうは言《ゆ》うても　悔しいで
見付けられたん　情けない
中宮《みや》の傍には　小うるさい
女居るんで　気ぃ付けと
あんだけ厳重《きつう》　言《ゆ》うたのに」
とに言《ゆ》て続け　関白は

「咄嗟に『春風《はるかぜ》』言《ゆ》やなんて
大層上手《えろうま》いこと　言《ゆ》うもんや」
と言《ゆ》て「田」の和歌《うた》　詠いはる

【もう田ぁ耕作《つく》る】
山田さえ
　今は作るを
　　散る花の
口実《かこと》は風に
　仰《おお》せざらなむ
　　―古今六帖―
(花が散るのを
春風《かぜ》の所為《せ》に為《す》な)

それ聞いとった　中宮様《みやはん》が
「朝早よ何《なん》や　言《ゆ》うてたな
何《なん》やら気ぃに　なってたが
今朝の桜は　どやったん」

とか言いながら　笑《わろ》てたら
その傍居った　小若君
「桜盗《はなと》ろとして　人来たが
もうあの造桜《はな》を　先見てて
『露に濡れてる』　云う和歌《うた》に
準《なぞら》え様《よ》もない　言《ゆ》うとった」
と言《ゆ》うたんで　関白が
大層《えろ》悔しがん　滑稽《おっかし》い

それから暫く　日ぃ経《た》って
八日か九日　この私《うち》が
実家《さと》へ帰ろと　したのんを
「供養の日まで　まだ日ある
近《ちこ》なってから　帰ったら」
とか中宮《みや》様言《ゆ》たが　帰ったわ

普段《いっつも》よりも　長閑《のどか》にと
お日さん照ってる　昼頃に
《花の心は　開《ひら》かんか
どうやどうや》と　文が来た

それでこの私《うち》　返事にと
《秋はまだまだ　来《こ》んけども
夜に九回　天昇る
そんな気持ちで　居るで私《うち》》
と書いて中宮《みや》様に　差し上げた

【花の心は】
九月西風興
月冷霜華凝
思君秋夜長
一夜魂九升
二月東風来
草拆花心開
思君春日遅
一日腸九廻

（九月、西風興り
月冷え霜華凝固す
君を思い秋の夜長し
一夜に魂九度昇る
二月、東風来り
草ほころびて花心開く
君を思い春の日遅し
一日　腹《はらわた》　九度廻る）
――白氏文集――

ちょっと話は　戻るけど
二条の宮へ　移る時
牛車《くるま》乗る順　決めて無《の》て
我れが我れがと　女房らが
騒いで乗るん　見とれんで
気の合う人と　話して
（右衛門）

「こんなバタバタ　乗るのんは
祭りの帰り　倒れ相《そ》に
慌ててるんと　同《おんな》じで
みっとも無《の》うて　私《うち》嫌や」

「さしたい様に　さしときや
私《うち》ら乗る牛車《のん》　無かってに
行くこと出来ん　かったかて
中宮様《みやはん》それを　聞かれたら
牛車《くるま》回して　くれはるわ」

言《ゆ》てる私《うち》らの　居る前を
皆固まって　押し合《お》うて
ごった返して　乗ってった

中宮職《ちゅうぐうしき》の　宮司《みやつかさ》（職員）
「もう完了《おわり》か」と　言《ゆ》うたんで
「まだここに」とか　応《こた》えたら
その人こっち　寄って来て
「居るんは誰や」　言いながら

「何思とんや　怪訝《おっかし》な
もう皆乗った　思たのに
何をのろのろ　してるんや
次は得選《とくせん》　乗せるのに
変わり者《もん》やで　其女《あんた》らは」
と呆れ牛車《くるま》　寄せたんで
「そんなら得選　先乗せや
私《うち》らは後で　構《かめ》へんで」

【得選《とくせん》】
・台所係の女官
・采女の中から特別に選ばれた
・奈良時代とは違い采女は宮中の雑役婦になっていた

言《ゆ》うたその声　聞き咎め
「何拗《す》ねてんや　捻《ひね》くれめ」
と言《ゆ》うのんで　乗ることに

そこに出て来た　その牛車《くるま》
これは真実《ほんま》に　御厨子《みずし》（台所役）居る
女官の乗るん　やったんで
松明《たいまつ》大層《えろう》　暗かった

それを思たら　滑稽《おっかし》して
笑いながらに　二条宮《にじょう》（道隆の邸）へと

とっくに御輿　着いとって
中宮様《みやはん》部屋で　座ってに
「清少納言《なごん》をここへ」　言いはるが
「どこやどこや」と　右京やら
小左近《こさこん》とかの　若女房《にょぼ》が
待ってて牛車《くるま》　到着度《つくたんび》
探すが姿　見付からん

先に着いてた　女房《にょうぼ》らは
牛車《くるま》から降り　四人づつ
中宮様《みやはん》の前　来るけども
なかなか姿　見えんので
「奇妙《へん》や居れへん　どないした」
とか言《ゆ》うてたん　知らんとに
皆が降り終え　その後で
着いたらやっと　見付けてに

「待ってやいやい　言《ゆ》うてたに
　何《なん》でこないに　遅いんや」
言《ゆ》われて私《うち》ら　引っ張られ
中宮様《みやはん》の前　行ったなら
皆々そこに　居るのんで
（つい先出たに　いつの間に
ずっと以前《まえ》から　居るみたい
こんな落ち着き　居るんや）と
思たら何《なん》や　滑稽《おかし》い

「何処行ってたん　あっちこち
　死んだか思て　探すのに
　何《なん》で姿を　見せなんだ」
と中宮様《みやはん》が　訊《き》かはるが
私《うち》が何《なん》にも　言《ゆ》わんので
一緒に牛車《くるま》　乗った人《ん》が

「そんな無理言《ゆ》た　困ります
　最後に牛車《くるま》　乗った人《ん》が
　何《なん》で早ように　来れるんや
　これでも乗れん　かったんを
　御厨子《みずし》(台所役)の人ら　可哀想と
　牛車《くるま》譲って　くれたんや
　暗《くろ》うて　心細かった」
と笑《わろ》うてに　言《ゆ》うたなら

「牛車《くるま》扱う　役人が
奇妙《おっか》しことを　するもんや
そやけど何《なん》で　言《ゆ》わへんの
事情《わけ》の分からん　新参者《しんざん》は
遠慮するかも　知れんけど
右衛門《あんた》やったら　言《ゆ》えるのに」
と中宮様《みやはん》が　言《ゆ》うたなら
聞いた右衛門《えもん》は　キッとして
「そやかて何《なん》で　他人《ひと》さんを
押し退《の》け先に　乗れるかい」
言《ゆ》うたら傍の　女房らは
(嫌な奴や)　と　見とったで

その女房らを　チラと見て
(体裁《てえ》悪る　先を争うて
立派《ええ》牛車《くるま》とか　乗ったかて
それで偉ろなる　訳で無し
決めた順番　通りにと
続いて乗ったら　良《え》えんやに)
と不愉快《きげんわる》う　思てはる
これはアカンと　この私《うち》は
「乗って牛車《くるま》を　降りるまで
長《なご》う居ったら　苦痛《しんど》うて
堪らんよってや　仕方《しょう》ないで」
と言い訳を　したったで

話先述《さっき》に　戻るけど
「経の供養で　明日《あした》にも
　積善寺《てら》行かはる」て　言《ゆ》て来たで
その夜実家《さと》から　戻ってに
南の院の　北面《おもて》
そこに顔出し　覗いたら
高坏《たかつき》とかに　火ぃ乗せて
二人三人　三、四人
あちこちそれぞれ　女房《にょぼ》同士
屏風を立てて　隔てたり
几帳で仕切り　しとるがな

そや無かったら　固まって
着物《ふく》とか　綴り合わしたり
裳の引紐に　飾り付け
化粧するんは　勿論で
髪とか執拗《しつこ》　梳《す》くのんは
明日剥《あしたは》げても　良《え》えくらい

私《うち》を見付けた　女房が
「中宮様《みやはん》出るん　寅の時（午前四時ころ）
何《なん》で早ように　来んかった
大騒ぎして　其女《あんた》をば
探してた人　居ったのに」
と親切に　言《ゆ》てくれた

（寅の時やて　真実《ほんま》かな）
思て身支度　整えて
待ってたけども　夜ぉ明けて
陽《ひ》ぃも何《なん》やら　差して来た

西の対《たい》での　唐廂《からびさし》(唐破風造りの軒先)
そこ牛車《くるま》寄せ　乗るのんで
全員渡殿《みんなわたどの》　行く時は
まだ初々《ういうい》の　新参《しんざん》者の
私《うち》らなんかは　恥ずかしい

西の対《たい》には　関白が(藤原道隆・四十二歳)
居るんで中宮様《みやはん》　そこ居って
女房《にょぼ》らが牛車《くるま》　乗るのんを
覧《み》よかと思て　簾ぅの内《なか》
中宮様《みやはん》、淑景舎《しげいさ》　その他に
三、四《し》の君や　奥方と
その妹の　三人が
ずらっとそこに　並んでる

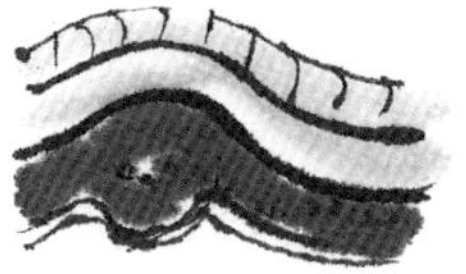

私《うち》らを乗せる　牛車《くるま》脇
左と右に　大納言(藤原伊周・二十一歳)
三位《さんみ》中将　立ってはり(藤原隆家・十六歳)
二人が簾ぅを　引き上げて
下簾《したすだれ》開け　乗せるんや

一塊《ひとかたまり》に　なってたら
ちょっとは隠れる　所《とこ》あるが
書いたる順に　四人ずつ
「誰それ」呼ばれ　乗るのんで
歩き出て行く　その気持ち
真実《ほんま》情け無《の》　思われて
何が「丸見え」　云《ゆ》うたかて
こんな他に　滅多ない

簾内《うち》で覧《み》てる　人の中
中宮様《みやはん》「見苦し」　思うてに
覧《み》てはる思《も》うと　これ以上
情けないこと　あらへんわ

冷や汗どっと　流れて来《き》
ちゃんと仕上げた　髪までも
全部逆立つ　気ぃしたで

何《なん》とか御簾前　通り過ぎ
牛車《くるま》の前に　行ったけど
こっちの身ぃが　縮むほど
立派な姿《なり》の　お二人が
微笑《ほほえ》みながら　覧《み》てはんは
何《なん》や現実《うつつ》と　思えんわ

それでも途中　倒れんと
そこに行き着け　出来たんは
厚かましんか　偉いんか
今思うても　分からへん

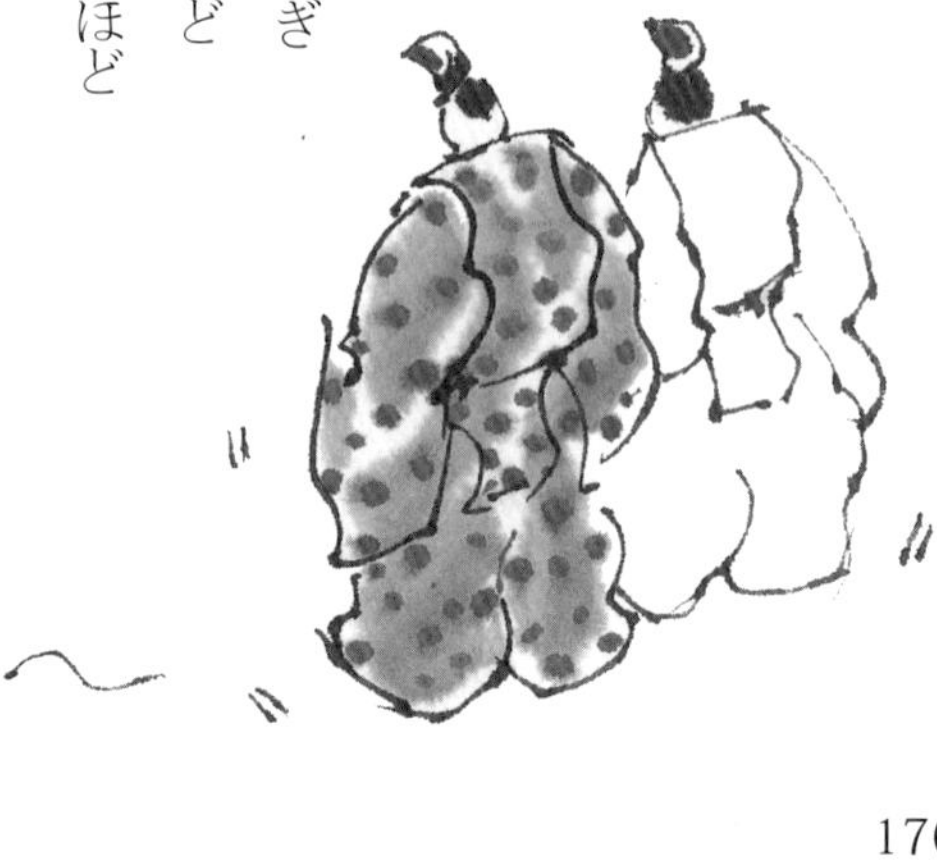

女房ら皆が　乗ったんで
門から牛車《くるま》　引き出して
二条大路で　榻《しじ》(轅の台)に掛け
物見車か　思うほど
立ち並べたん　見事やで

見物来てる　人らも
(良《え》えな)て見てる　思うたら
何《なん》やこの胸　ドキドキや

四位や五位とか　六位やら
大層《えろう》大勢《ようけ》が　出入りして
牛車《くるま》の傍へ　寄って来て
世話を焼いたり　話したり
してる人らの　その中で
明順《あきのぶ》(高階明順・定子の母・貴子の兄)朝臣　空向いて
胸を張ってて　得意げや

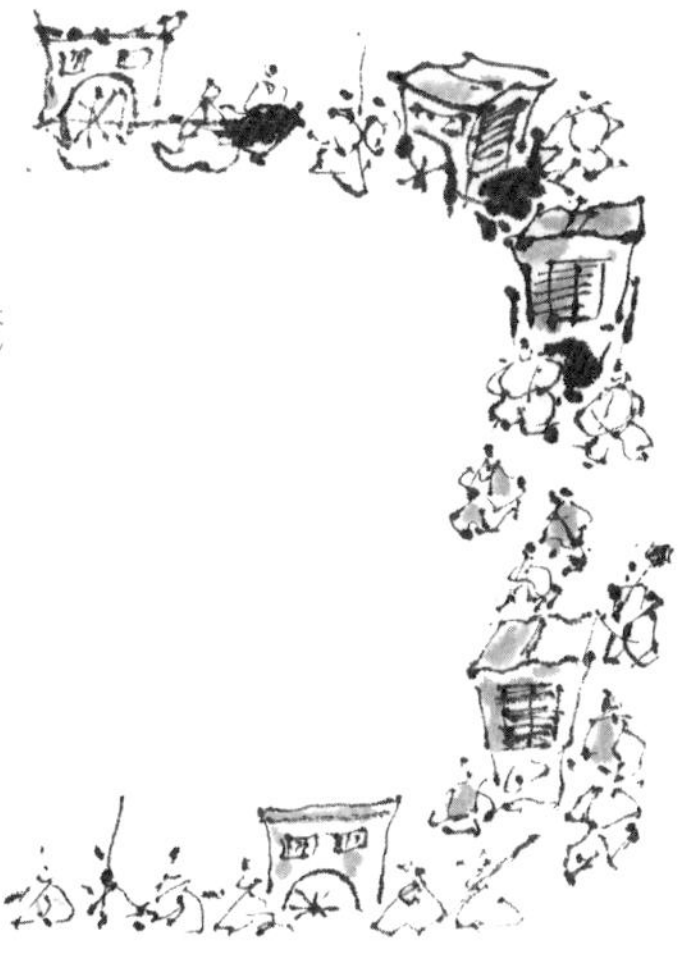

まず女院様《はん》(帝の母＝東三条院)　迎えにと
関白様《はん》を　始めとし
殿上人や　地下人《じげにん》が
皆《みんな》揃うて　積善寺《そこ》行った

積善寺《てら》に女院が　来た後で
中宮様《みやはん》も積善寺《そこ》　行くのんで
(大層《えろう》待つんか)　思ううち
陽《ひ》ぃ昇ってに　女院来た

女院が乗るん　含めてに
全部で牛車《くるま》　十五台
そのうち四台　尼牛車《あまぐるま》
一番先頭《さき》は　唐廂《からびさし》牛車
尼の牛車《くるま》が　その後に
簾ぅとか上げて　無いけども
牛車《くるま》の前や　後ろから
水晶数珠《じゅず》や　薄墨の
裳や袈裟《けさ》　袿《うちき》（内側に着る服）　覗いてん
何《なん》とも言えん　見事さで
薄紫の　下簾《したすだれ》
それの裾とか　ちょっと濃い

【唐廂《からびさし》牛車】
屋根を唐庇に造った最上級の牛車

女房《にょぼ》の十台　それ続き
桜襲《がさね》の　唐衣《からぎぬ》に
薄紫の　裳おとかや
濃い紅色の　袿《うちき》やら
香染《こうぞめ》　薄紫色《うすいろ》　表着《うわぎ》とか
大層艶《えろうつや》めき　品が良《え》ぇ
陽《ひ》ぃは大層《えろう》に　うららやが
空これ青ぅ　霞んでて
女房の衣装　それに合《あ》致い
派手な織《おり》物やら　色の多《お》い
唐衣《からぎぬ》よりも　品良うて
美しことの　限り無し

関白様《はん》や　それに次ぐ
方々《かたがた》とかが　皆《みんな》して
世話して牛車《くるま》　進めんは
大層《えろう》見事で　素晴らしい

これ見て見物人《けんぶつ》　興奮《さわい》でて
私《うち》らの牛車《くるま》　二十台
これも良《え》えなと　見てるやろ

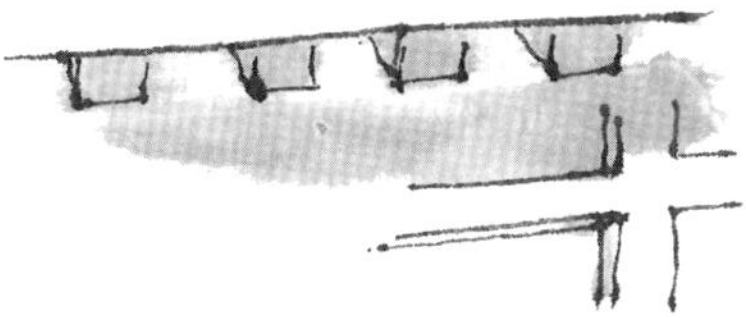

早よう中宮様《みやはん》　来んかなと
待ってるけども　長時間《なごう》来ん

どうなってるか　気になって
心細うに　思てたら
采女《うねめ》（宮中の雑役婦）八人　馬に乗せ
やっと門から　出て来たで

青裾濃《あおすそご》（下を濃くしたぼかし染め）の裳　裙帯《くたい》　領巾《ひれ》
それらが風に　吹かれてん
何《なん》や非常《ごっつう》　綺麗《きれえ》やな

【裙帯《くたい》】
女官の正装の時、裳の左右に垂らした布

豊前《ぶぜん》云《ゆ》う名の　その采女《うねめ》
典薬《てんやく》の頭《かみ》　重雅《しげまさ》の
（医薬係の長官）
何《なん》や良《え》え女《ひと》　らしかって
葡萄染《えびぞめ》をした　織物《おりもん》の
（薄紫色）
指貫《さしぬき》とかを　穿《は》いてんで
「重雅《しげまさ》あいつ　五位やのに
三位《さんみ》以上が　許される
紫とかを　穿《は》いてるで」
と山の井の　大納言
笑《わろ》うてそれを　見とったわ

采女《うねめ》が全部　馬乗って
そこに並んで　立ってると
やっと御輿が　出て来はる
（何《なん》と見事）と　見て居った
女院の行列　良かったが
それに比べて　遜色《まけて》へん

朝日華やか　昇る中
屋根上水葱《なぎ》の　花飾り
大層《えろう》キラキラ　輝いて
御輿の垂れた　帷子《かたびら》の
（垂れ布）
色艶《つや》とかの　美しさ
これも何《なん》とも　素晴らしい

【水葱《なぎ》】
輿の屋根上の擬宝珠《ぎぼし》形
の飾り

御輿《こし》の前後に　御綱《みつな》張り
さぁ出発と　動き出す
御輿《こし》の帷子《かたびら》　揺れる見て
(髪逆立つ)て　皆言《ゆ》うが
これは真実《ほんま》に　嘘と違《ちゃ》う
それ見た後は　女房で
髪ボサボサの　人らかて
(逆立ったん)や　言《ゆ》えるかも

びっくりするほど　厳《おごそ》かな
中宮様《はん》の　様子見て
(何《なん》で私《うち》とか　中宮様《みやはん》に
親しゅうお仕え　出来るか)と
思たら何《なん》や　この身さえ
偉ろなった様　思えたわ

御輿が前を　通るまで
揃うて榻《しじ》に　乗せとった
牛車《くるま》の轅《ながえ》　また上げて
急いでそれを　牛に掛け
御輿の後に　続き行く
その気の逸《はや》る　興趣深《おもしろ》さ
これは何《なん》とも　言い様《よ》ない

積善寺《しゃくぜんじ》にと　着いた時
大門前の　その場所で
高麗《こま》・唐土《もろこし》の　楽奏《かな》で
獅子と狛犬《こまいぬ》　舞い踊り
乱声《らんじょう》（前奏曲）の音　鼓《つづみ》の音《ね》
もうこの頭　ぼおっとや

（わぁこれ生きて　浄土へと
来たん違《ちゃ》うか）と　思われて
空舞い上がる　気ぃしたで

お寺の中に　入ったら
色んな錦の　幄《あげばり》（天幕）に
青々と簾ぅ　架け渡し
屏幔《へいまん》（幔幕）掛けて　あるのんは
全部《ぜんぶ》ぜんぶ　素晴らしして
この世の物《もん》と　思われん

中宮様《みやはん》の居る　桟敷にと
乗ってる牛車《くるま》　寄せたなら
先刻《さっき》の二人　そこに立ち
「早よう降りや」て　言《ゆ》うてはる
乗った時かて　見られたに
今はもちょっと　明るなり
あれより丸見え　なんやのに
大層《えろう》立派で　美して
下襲《したがさね》の裾《しり》　長かって
窮屈そうに　大納言
簾ぅ上げ「早よ」て　言いはるが

髢《かもじ》(補充髪)を足した　髪なんか
唐衣《からぎぬ》中で　毛羽立って
見苦しなった　その上に
髪の黒いや　赤いまで
見分けられ相《そ》に　明るうて
恥ずかしして直ぐ　降りられん

「まずは後ろの　人からに」
とかこの私《うち》が　言《ゆ》うたなら
その人かても　同《おんな》じか
傍に立ってる　大納言《なごん》にと
「ちょと退《さ》がってや　畏れ多《お》い」
とかとか言《ゆ》うて　渋ってる

「恥ずかしいんか　柄《がら》に無《の》う」
と笑い何《なん》とか　私《うち》下し
傍寄って来て　大納言

「中宮様《はん》が　この儂《わし》に
『宮仕《つか》えに出るん　渋ってた
棟世《むねよ》(清少納言の亭主)なんかに　見られん様《よ》
隠し降ろして　やってんか』
と言《ゆ》われたんで　ここに来た
分からんのんか　それくらい」
言《ゆ》うて降ろした　この私《うち》を
中宮様《みやはん》の所《とこ》　連れてった

(そんなことまで　気ぃ遣《つこ》て
この私《うち》のこと・・・)　思うたら
これまた大層《えろう》　畏れ多《お》い

傍へ行ったら　先降りた
女房《にょぼ》が八人　ほど座り
見物《けんぶつ》に良《え》え　端に居る

一尺ちょっとか　二尺での
長押《なげし》(横木)に中宮様《みやはん》　上《あが》ってて
「儂《わし》が盾なり　連れて来た」
とか大納言　言《ゆ》うたなら
「どれどれ」言《ゆ》うて　中宮様《みやはん》が
几帳のこっちへ　顔出した

一番偉い　中宮様《みやはん》は
裳お外《はず》しても　良《え》えのんに
まだ裳や唐衣《からぎぬ》　着てはるが
これがまたまた　素晴らして
紅の着物も　非常良《ごっつうえ》え

下に唐製　綾織りの
柳《やなぎ》色の　袿《うちき》　着てはって
着《つ》けてる表着《うわぎ》　葡萄染《えびぞめ》(薄紫色)の
五重襲《いつえがさね》の　織物《おりもん》で
赤色唐衣《からぎぬ》　上羽織《はお》り
地摺《じずり》の唐《から》の　羅《うすぎぬ》(薄絹)に
象嵌《ぞうがん》(金刺繍)積んだ　裳とか着て
その色大層《えろう》　素晴らして
比べられるん　他にない

【五重襲《いつえがさね》】
袖口が五枚襲に見えるように重ね縫いしたもの

【地摺《じずり》】
型紙などで生地に文様を摺り染めたもの

「今日のこの私《うち》　どう見える」
と中宮様《みやはん》が　言《ゆ》うのんで
「非常素晴《ごっつ》らし」　言《ゆ》うたけど
口で言《ゆ》うたら　安っぽい
「大層《えろう》長時間《なごう》に　待たしたな
何《なん》でか云《ゆ》たら　こんなこと
中宮識《ちゅうぐうしき》の　あの大夫《だいぶ》（藤原道長）
『女院のお供　した時に
皆に見られた　下襲《したがさね》
これをそのまま　着とったら
(何《なん》や同《おんな》じ)　思われる』
とか言《ゆ》て別の　下襲《したがさね》
それ縫わしてて　遅《おそ》なった
大層《えろう》お洒落な　お人やで」

言《ゆ》うて中宮様《みやはん》　笑うんは
晴れの場所やで　朗らかで
普段《いっつも》よりは　輝いて
大層《えろう》立派に　見えたんや
前髪《まえ》飾りにと　着《つ》けてはる
釵子《さいし》（かんざし）で髪の　分け目筋
ちょっと傾き　はっきりと
見えてるんかて　美して
何《なん》とも言い様《よ》　無い程や

三尺几帳　一双《ひとそろえ》
それを斜めに　立て掛けて
こっちと隔て　その後ろ
　畳《しきもん》一枚　横向きに
その縁《ふち》端に　ちゃんと着け
長押《なげし》の上に　敷いたぁる

中納言君　云《ゆ》うのんは
関白の叔父　右兵衛督《うひょえかみ》（警護係の長官）
忠君様《ただきみはん》の　娘御《むすめご》で
宰相君は　富小路《とみこじ》の
右大臣《みぎのおとど》の　孫様《はん》や

そのお二人が　長押上《なげし》
見物しょうと　座ってる

それを見たんか　中宮様《みやはん》が
「宰相君其女《さいしょうあんた》　あっち行き
　皆《みんな》の所《とこ》で　見たら良《え》ぇ」
と言《ゆ》てる意味　分かったか
「ここで三人　見られるで」
と言《ゆ》うたんで　中宮様《みやはん》は
「そんなら入り」　とか言《ゆ》うて
長押《なげし》に私《うち》を　上げたんや

下居《い》た女房《にょぼ》ら　これ見てて
「何や殿上　許される
内舎人《うどねり》みたい　見えるがな」
（内裏内の何でも係）
と笑うんで　この私《うち》が
「下っ端内舎人《うどねり》　とか違《ちご》て
同じに殿上　上がれるの
童殿上《わらわてんじょ》や　思てんか」
（作法見習いの童）
と遣り返したら　また女房《にょぼ》に
「相《そ》や無い同じ　内舎人《うどねり》で
馬引く馬副《うまぞい》　程度やで」
（乗馬に付き添う従者）
とか言《ゆ》われたが　良《え》えやんか
上上《あ》がっての　見物は
大層《えろう》この鼻　高いがな

こんなん自分で　言《ゆ》うのんは
自慢してる様《よ》　感じるし
中宮様《みやはん》のこと　思うたら
（軽々しいに　こんな女《ん》を
何《なん》で贔屓《ひいき》に　するのんや）
とか物事を　良《よ》う知って
世間を非難　する人が
あれこれ言《ゆ》うて　困まるんで
畏れ多いが　中宮様《みやはん》を
巻き込む様で　嫌やけど
あったことやで　仕方《しょう》ないわ

そやが身の程　越えること
何《な》や彼や多数《ようけ》　あるもんや

女院居てはる　桟敷とか
あっちこっちの　桟敷《それ》とかを
見渡す景色《ながめ》　非常《ごっつう》良《え》え

中宮様《みやはん》の居る　場所《ところ》から
女院の桟敷《とこ》へ　関白が
移ってそこに　居ったけど
暫く後《あと》で　こっち来た

大納言様《はん》　お二人と
（藤原伊周と山井大納言）
三位《さんみ》中将　その人は
（藤原隆家）
警護の姿　そのままの
弓矢着けてる　その姿《なり》が
良う似合《お》うてて　立派《よか》ったわ

殿上人や　四位や五位
大勢《ようけ》連れ立ち　供として
そこにずらっと　並んでる

関白様《はん》が　桟敷来て
そこら辺《あた》りを　見てみると
皆々裳おに　唐衣《からぎぬ》で
御匣殿《みくしげどの》まで　それ着てる
（定子の妹・十三歳）

中宮様《みやはん》一番　偉いんで
他の人らは　皆《みんな》みな
正装せんと　アカンのに
奥方様《はん》は　裳の上に
（道隆の正妻）
略式小袿《こうちき》　着《つ》けてはる

【小袿《こうちぎ》】
略装で唐衣・裳の代わりに表着《うわぎ》の上に着る

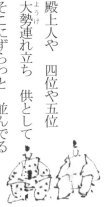

「皆がずらっと　並んでん
絵に描いた様《よ》に　美しが
今日の奥方《おまえ》は　何《なん》やそれ
皆《みんな》が顔を　顰《しか》めとる」
と言《ゆ》うてから　声荒げ

「こら三位君《おくがた》よ　中宮様《みやはん》の
裳ぉをお脱がせ　させんかい
ここの主人《あるじ》は　中宮様《みやはん》や
桟敷の前に　警護役
控えてるんは　何《な》や思う
徒《あだ》や疎《おろそ》か　思うなよ」
言《ゆ》うてそのまま　今日の日の
目出度い儀式《しき》の　感激《うれしさ》に
思わず涙　零《こぼ》しはる

【三位君《おくがた》】高階貴子は正三位を
与えられていた

真実《ほんま》に相《そ》やと　女房《にょぼ》ら皆
涙ぐみとか　してた時
私《うち》が赤色　唐衣《からぎぬ》に
桜五重《いつえ》の　表着《うわぎ》着て
そこに居るのん　見付けたか
ここで戯言《ざれごと》　一つ言《ゆ》て
気ぃ直そうと　関白が

「法服一つ　足らん言《ゆ》て
慌て騒いで　居った様《よ》や
それを返して　貰おかな
それとももしや　切り縮め
小柄に作り　着てるんか」

と言《ゆ》うたんを　聞いてたか
ちょっと下居《い》た　大納言（藤原伊周）
「それは違うで　着てるんは
これ清僧都《せいそうず》（清原僧都）　持ち物《もん》や」
と私《うち》のため　言《ゆ》てくれた
そんな遣り取り　する中に
的が外れて　アカンのは
一言とかも　なかったわ

何げ無《の》見たら　僧都《そず》の君（隆円・十五歳）
赤色　羅《うすもん》（薄絹）　その上に
紫の袈裟《けさ》　掛けてはり
薄紫の　袿《うちき》（内側に着る服）を着
指貫《さしぬき》とかを　穿《は》いとって
頭青々　美しの
地蔵菩薩に　見えるんが
女房の間　あちこちを
歩き回るん　滑稽《おっかし》て
「僧官《ぼんさん》の中　混じってに
威儀を正して　居もせんで
女房《にょぼ》らの中は　見苦しで」
とか言《ゆ》て皆《みんな》　笑《わろ》うてる

大納言様《なごんはん》居る　桟敷から
伊周様《かねちかはん》の　長男の
松君（三歳）こっち　お連れする
葡萄染織物《えびぞめおり》（薄紫色）の　直衣《のうし》とか
濃い紅綾《べにあや》の　打衣《うちぎぬ》（艶出し衣）や
紅梅織物《おりもん》　着てはって
供に常時《いつも》の　四位、五位の
者《もん》らが多数《ようけ》　付いとぉる
桟敷で女房《にょぼ》居る　中にへと
抱き入れたけど　手違いか
「わあっ」と泣いて　仕舞たんも
何《なん》や場に合《お》て　華やかや

やっと法会《ほうえ》が　始まって
一切経の　蓮花の
赤いん一花　ずつ入れて
僧や俗人《ぞくじん》　皆々《みんなみな》
上達部《かんだち》　殿上人《てんじょう》　地下《じげ》　六位
その他諸々　至るまで
それ捧げ持ち　続くんは
非常《ごっつ》尊て　見事やわ
そこへと導師　来てからに
行道《ぎょうどう》とかが　始まって
僧侶《ぼんさん》ぐるぐる　回ってる
こんなん一日　続くんで
目えが回って　もうアカン

【行道《ぎょうどう》】
法会の時、僧が列を組んで読経・散華《さんげ》しながら仏堂や仏像の周囲を回ること

帝から使者《つかい》　遣わされ
五位の蔵人《くろうど》　そこへ来て
桟敷の前で　胡坐《あぐら》立て（折り畳み椅子）
それに座って　居る姿《なり》は
これまた立派　見えるがな

夜なる頃に　式部丞《しきぶじょ》（人事担当三等官）の
則理使者《のりまさつかい》（源則理）で　そこに来て

「『このまま夜に　お戻りを
それのお供を　お前が』と
云《ゆ》う宣旨《せんじ》（帝の命令文）をば　貰《もろ》て来た」
と言《ゆ》て戻ろ　せんのんで

仕方《しょう》ことなしに　中宮様《みやはん》が
「まずは二条《にじょう》宮に　戻ってに」
とかとか言《ゆ》うて　居ったけど

また蔵人《くろうど》の　弁（太政官庶務係）が来て
関白様《はん》に　その旨の
お言葉とかが　あったんで
帝の仰せに　従《したご》うて
ここから参内　することに

女院様《はん》居る　桟敷から
『千賀《ちか》の塩釜』　云《ゆ》う題の
和歌《うた》とかこっち　来たのんで
中宮様《みやはん》からも　返歌《かえし》出す
立派《ええ》贈り物《もん》　とか持って
あちこち行き来《き》　してるんも
見てて何《なん》やら　感じ良《え》ぇ
法会《ほうえ》終わって　女院様《はん》
元の邸《やしき》に　帰るんで
院司《いんし》(院の役人)や上達部《かんだち》　この時は
半分ほどが　お供する

【千賀《ちか》の塩釜】
・宮城県塩釜（＝千賀の浦）
・「近い」の序訓《じょことば》

中宮様宮中《みやはんだいり》　行かれたん
知らん女房《にょぼ》らの　召使い
二条宮《にじょう》へ戻る　思たんで
そっちへ　皆《みんな》　行ってから
待っても待っても　来んままに
とうとう夜が　更けて仕舞《も》た
宮中《だいり》で女房《にょぼ》ら　待ち侘びて
（泊まる着物《ふく》とか　来んかな）と
待つが音沙汰　無いのんで
新し着物《ふく》の　身馴染《なじ》まんを
着たけど寒て　ブツクサと
文句言うたが　どもならん
翌朝《あけあさ》なって　届いたを
「何《なん》でこないに　気ぃ利《き》かん」
と怒るけど　来た人の
言《ゆ》う言い訳も　もっともや

儀式《しき》の翌日《あくるひ》　雨来たを
「昨日降らんで　今日降った
儂《わし》の前世の　賜物《たまもん》や
どう思うかな　中宮様《みやはん》よ」

とに関白が　言《ゆ》うたんの
自信満々　その気持ち
間違いなしに　相《そ》うやった

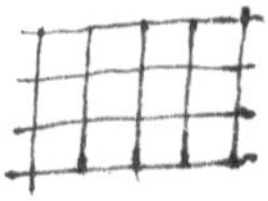

そやけどその時　（絶頂《ぜっちょ》や）と
皆が見とった　あれこれを
今の世になり　比べると
何も彼にもが　違ごぉとる

何《なん》も言うこと　あらへんで
私鬱陶《うちうっと》しい　気ぃになり
言うこと沢山《ぎょうさん》　あったけど
ここに全部《みな》書く　止めたんや

（二百六十三段）

清涼殿の　東北隅《うしとら》の
北側《きた》の境の　障子（襖）には
荒海の絵え　あってから
恐ろし姿《なり》の　生き物《もん》の
手長・足長　描《か》いたある

私《うち》ら常々　そこへ行く
上の御局《みつぼね》　弘徽殿《こきでん》の
戸お開け放ち　されてんで
その絵常時《しょっちゅう》　目に入り
「気味悪いなぁ」　言いながら
何《なん》とは無しに　笑《わろ》てんや

【上の御局】

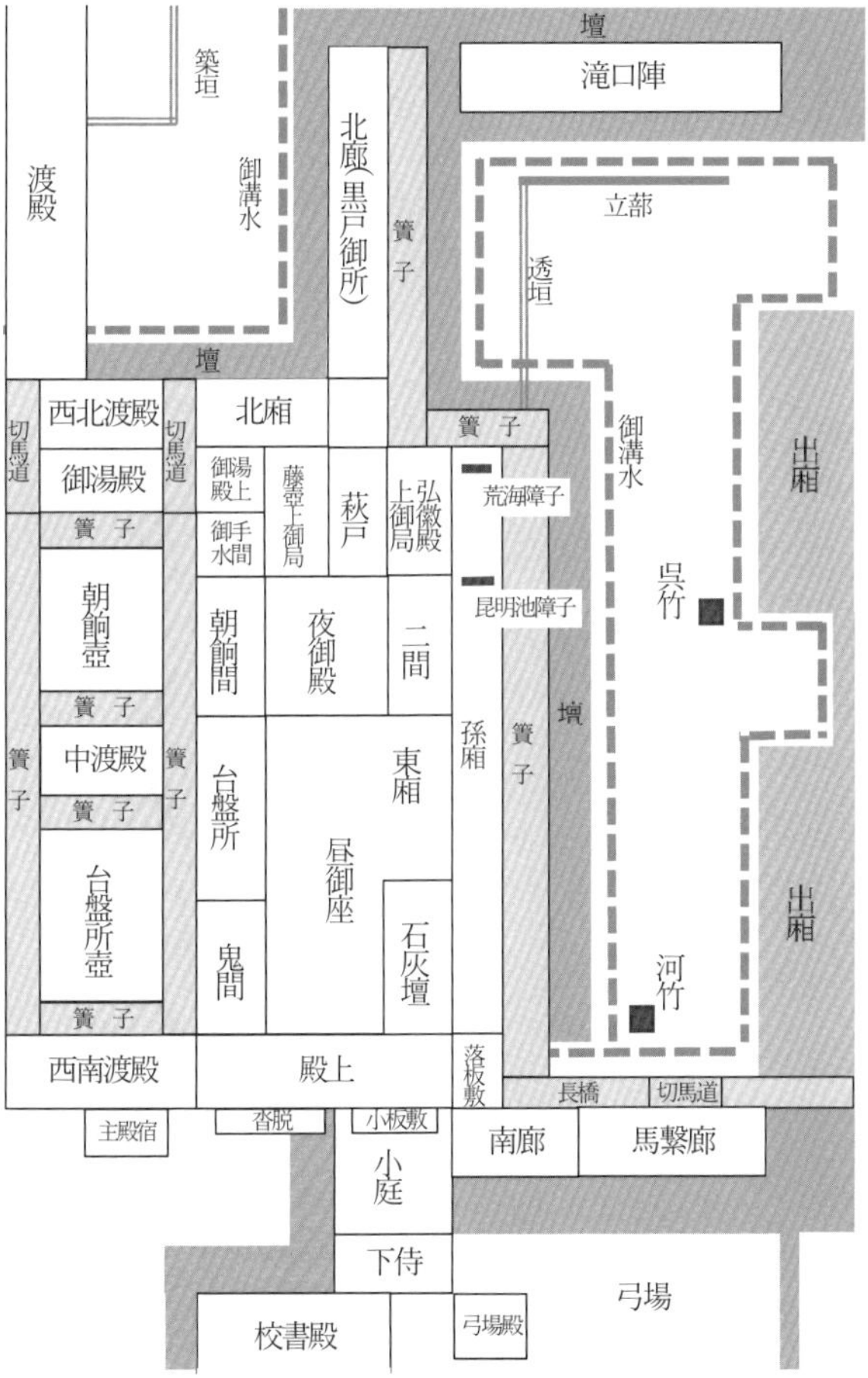

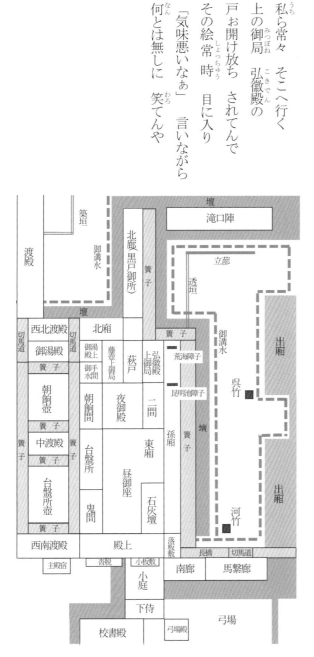

そこの簀子《すのこ》の　高欄に
青い大っきい　瓶《かめ》あって
綺麗《きれえ》に咲いた　桜《はな》の枝
五尺ほどのを　沢山《ようけ》差し
高欄外に　垂れる程
大層綺麗《えろうきれえ》に　咲いとった

その昼頃に　大納言様《なごんはん》（藤原伊周）
着慣れたちょっと　柔らかな
桜襲《がさね》の　直衣《のうし》着て
濃い紫の　固文《かたもん》の（沈み模様織）
指貫《さしぬき》袴　着てからに
白い単衣《ひとえ》を　重ね着て
一番上に　綾織りの
濃い紅色の　鮮やかを
外に見せ出し　来たのんや

ちょうど帝《みかど》が　居はったで
戸口の前の　板敷の
狭い辺《あた》りに　座ってに
何《なん》やら話　始めたで

簾うの内《なか》では　女房らが
桜襲《がさね》の　唐衣《からぎぬ》を
ゆったり楽に　着垂らして
藤や山吹　色とかの
襲《かさね》の趣向　凝らしたん
北の廊下の　小半蔀《こはじとみ》（小さい吊り下げ戸）
そこの簾うから　出しとおる

昼の御座所《おまし》の　方《ほう》からは
お膳を運ぶ　蔵人《くろうど》の
足音高《たこ》う　聞こえてる

注意《きづき》促す　警蹕《けいひつ》の（注意喚起）
「おし」言《ゆ》う声が　聞こえんは
うらうら長閑《のどか》　陽《ひ》射しにと
何《なん》やら合《お》うて　良《え》え感じ

最後《おわり》のお膳　運び終え
蔵人こっち　遣って来て
「ご用意が」言《ゆ》て　伝えたら
帝《みかど》中の戸　通られて
昼のお膳の　席の方《ほ》へ

帝の供して　大納言
廂間《ひさしま》通り　お送りし
元の桜の　瓶《かめ》の傍
戻りその場に　また座る

中宮様《みやはん》几帳　押し遣って
長押《ながえ》の方へ　つっと寄り
出て来る姿《なり》は　抜群で
仕える女房《にょぼ》の　私《うち》らさえ
何《なん》や見惚《と》れて　仕舞うほど

そこに先程《さっき》の　大納言
『月も日も
変わって行《く》けど　長期《なご》続く
三室の山の』　云《ゆ》う古歌《うた》を
ゆっくり謡い　出したんや

この和歌《うた》ほんま　しみじみの
趣《おもむ》き醸《かも》す　和歌《うた》なんで
ここで千年　居れるなら
良《え》えなぁ思う　雰囲気や

給仕しとった　女房らが
お膳下げる様《よ》　蔵人を
呼ぶ間も無しに　帝様《みかどはん》
こっち戻って　元の席

【月も日も】
月も日も
変はり行けども
久に経《ふ》る
三室の山の
離宮《とつみや》どころ
—忠岑・和歌体十種—

「硯に墨」と　中宮様《みやはん》が
言いはったんで　磨《す》ってたが
私《うち》の目　手元見て無《の》うて
帝《みかど》ばっかり　見とってに
墨挟みとか　外《はず》し相《そ》に
（墨磨り用の補助具）

白い色紙《しきし》を　折り畳み
「思いつく古歌《うた》　この紙に
　書いたらどうや　一つずつ」
中宮様《みやはん》言《ゆ》たで　この私《うち》は
簾ぅの外居る　大納言《なごん》にへ
「これどうやって　書いたら」と
尋《き》いたら大納言《なごん》　愛想無《の》う
「早よ書かんかい　男らが
　口出すことで　あらへんわ」
言《ゆ》うて色紙《しきし》を　戻すんや

硯突きつけ　中宮様《みやはん》が
「考えてんと　さぁ早よう
　難波津《なにわづ》なりと　何《なん》なりと
　思い付いたん　直ぐに書き」
と手厳しゅう　言《ゆ》うたから
どうした良《え》えか　分らんで
顔赤《あこ》なって　焦ったわ

春の和歌《うた》やら　桜《はな》の和歌《うた》
あれこれ何《なん》や　迷《まど》てから
上席《うえの》女房ら　二つ、三《み》つ
書いたその後　「ここへ」言《ゆ》て
中宮様《みやはん》色紙《しきし》　私《うち》の方へ

【難波津《なにわづ》】
難波津に
　咲くやこの花
　　冬ごもり
今は春べと
　咲くやこの花
（手習いの初歩に学ぶ歌）

仕様《しよう》ないのんで　この私《うち》は
「年経《た》つと
年齢《とし》取るけども　花見たら
悩み吹っ飛び　気ぃ晴れまっせ」
と云《ゆ》う和歌《うた》を　書き替えて
《中宮様《みや》見たら》とか　書き付けた
中宮様《みやはん》他と　見比べて
「こんな機転《きまわし》　知りとうて」
言《ゆ》うて私《うち》のを　褒めはった

年経《ふ》れば
齢《よはひ》は老いぬ
然《しか》はあれど
花をし見れば
もの思《も》いもなし
—古今集—

続き中宮様《みやはん》　言《ゆ》うたんは
「円融院の　御代のこと
(一条天皇の父)
草子を皆の　前出して
『これに和歌《うた》とか　一つづつ』
言《ゆ》たけど皆は　躊躇《ためろ》うて
誰も書こうと　せんのんで
『字ぃ上手下手《じょうず》　どでも良え
時節《じき》も合わんで　良《え》えからに』
言《ゆ》われて困り　皆《みんな》して
やっとに書いた　その中に

この時　三位《さんみ》中将で
今の関白　その方《ひと》の
一つの和歌《うた》が　あったんや

潮満ちる
いつもの浦の　いっつもに
貴男《あんた》を深《ふこ》う　思てんや私《うち》
と云《ゆ》う和歌《うた》の　終わりの句
『帝《みかど》を深う　頼ってまっせ』
とか云《ゆ》う風に　直したら
帝《みかど》非常《えろう》に　褒めたんや」

と言《ゆ》われたん　聞いて私《うち》
冷や汗出る気　なって仕舞《も》た

まだまだ若い　女房では
あの場でああは　書かれへん
普段《いっつも》はちゃんと　書く人も
何《なん》や緊張　してたんか
書き損じた人《ん》　居ったけど

潮の満つ
いつもの浦の
いつもいつも
君をば深く
思ふはや　我が
―未詳―

また別の時　中宮様《みやはん》が
古今和歌集　前置いて
和歌《うた》の上の句　言《ゆ》うてから
「この下《しも》の句は　何《なん》や」言《ゆ》て
私《うち》らに向こて　訊《き》いたけど
昼夜《ひるよる》なしと　常時《いっつも》に
覚えてるはず　やったのに
何《な》や奇妙《おっかし》な　言《ゆ》われへん

宰相君は　十位《とお》
答えたけども　これなんか
覚えてる内　入らんわ

それが五つや　六つでは
「知らん」言う《ゆ》方《ほ》が　まだましや
「そうは言う《ゆ》ても　黙ってて
答えへんのは　愛想ない
せっかく聞いて　居りはるに」
言《ゆ》て悔しがる　滑稽《おっか》しい

答えらへん　和歌《うた》なんか
下《しも》の句までも　全部《みな》読んで
そこに栞《しおり》を　挟んでに
中宮様《みやはん》「終わり」　言う《ゆ》たんで
「知っとったのに　何《なん》でまた
　答えられへん　かったんか」
言《ゆ》て嘆いてる　人も居る

古今和歌集　何遍《なんべん》も
書き写してた　人なんか
全部《みな》覚えてる　はずやのに

次に中宮様《みやはん》　話したは
「村上帝の　ご時世に
（一条天皇の祖父）
宣耀殿《せんようでん》の　女御云《ゆ》う
（内裏北側の殿舎）（藤原芳子）
お方《ひと》が昔　居ったんや
これ小一条《こいちじょ》の　左大臣《だいじん》の
（藤原師尹）
姫君《ひめさん》なんで　誰でもが
知ってるかなと　思うけど

この姫君《ひめ》入内　する前に
父の左大臣《だいじん》　教《おせ》たんは
『先ず習うんは　習字やで
次に習うん　琴《きん》の琴
他人《ひと》より上手《うも》う　なるんやで
それから古今《こきん》　和歌集の
二十巻全部《みな》　覚えんや
これが貴女《あんた》の　学問や』
と姫君《ひめはん》に　言《ゆ》うたらし

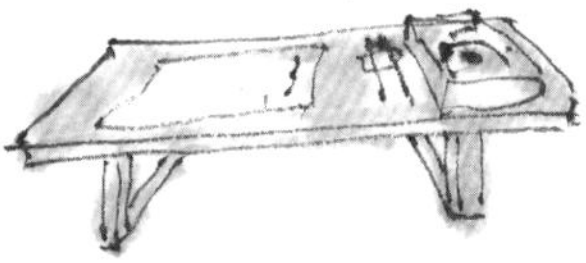

それ帝様《みかどはん》　覚えてて
物忌《ものいみ》やった　暇な日に
古今集《しゅ》なんか　持って来て
女御の部屋に　来てからに
几帳引き開け　その陰へ

(何《な》か奇妙《おっか》し)と　思てると
そのうち草子　広げられ
『この何《なん》月の　何《なん》の時
誰それ読んだ　和歌何《うたなん》や』
とおもむろに　訊《き》かはった

(ははぁこの私《うち》　試すんか
興趣深《おもろ》いことを　するもんや
そやけどもしも　違《ちご》うたり
忘れとったら　大変《おおごと》や)
思て女御様《にょごはん》　心配に

女房《にょぼ》で和歌《うた》良《よ》う　知っとぉる
二、三人これ　帝呼んで
勝ち負けの数　数《よ》え様と
碁石なんかを　置かさして
答え無理矢理　させたんは
華やで興趣深《おもろ》　かったやろ
そこ居った女房《ひと》　これなんか
私《うち》羨まし　思うんや

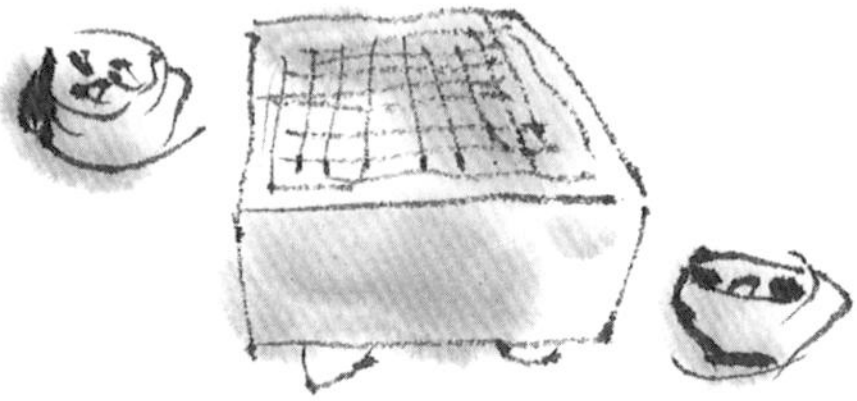

帝《みかど》あれこれ　女御様《にょごはん》に
無理な問題　出したけど
女御様下《にょごはんしも》の句　賢《かしこ》ぶり
全部《みんな》言うたり　せんけども
間違いも無《の》う　答たで

違い見付けて　終わろかと
帝《みかど》思たが　相《そ》ならんで
忌々《いまいま》し思《も》い　続けたら
とうとう十巻　済んで仕舞《も》た

『もう止《や》めや』言《ゆ》て　本の中
栞《しおり》挟んで　二人して
寝所《ねどこ》へ行って　就寝《おやすみ》に
何《なん》と仲良《え》ぇ　二人やで

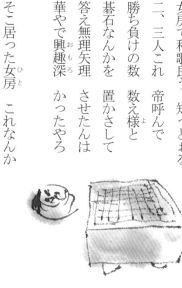

大分《たいぶ》寝てから　起き出して
（この勝ち負けを　付けらんと
　止《や》めたら　沽券《こけん》関わるな
　下の十巻　明日《あした》なら
　別の本見て　予習《ならう》やろ）
思て（今日で）と　思たんか
灯りをそこへ　持ち込んで
夜ぉ更けるまで　やったんや

せやけど女御　負けんとに
とうとう最後《おわり》　まで行った

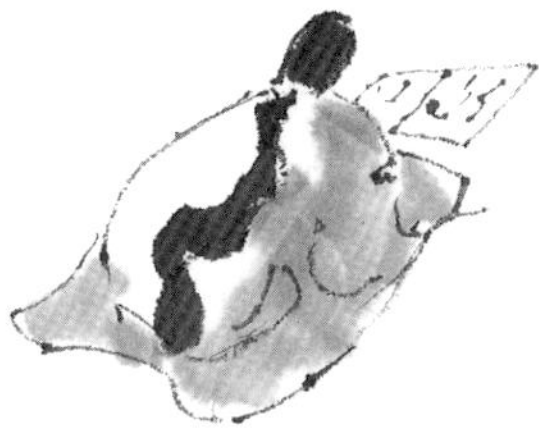

競い合《お》うてる　その間
『帝がお部屋に　来てからに
　こんなことを』と　左大臣《だいじん》に
誰かが使者《つかい》　遣ったんや

左大臣非常《だいじんえろう》　心配し
誦経《ずきょう》頼もと　あちこちの
寺に使いを　遣ったりし
宮中《だいり》向こうて　（負けな）言《ゆ》て
祈り続けて　居ったとか

娘《こ》に左大臣《だいじん》が　懸ける思《も》い
これはほんまに　立派やで」

そんな昔話《むかし》を　中宮様《みやはん》が
皆に向《むこ》うて　言《ゆ》うたんを
帝も聞かはり　感心し

「まろは三巻《さんまき》　四巻《よまき》かて
とても読み終え　出けへんわ

昔は身ぃが　低うても
皆《みんな》風流　楽しんだ
今はさっぱり　聞かへんが」

と中宮様《みやはん》の　女房やら
帝に仕える　女房らで
中宮《ここ》に目通り　適《かな》うんが
皆《みな》で感想《おもた》を　言い合うん
ほんま屈託《きがね》も　無《の》うてから
良《え》え感じやな　思うたで

（二十段）

大納言様《これちかはん》が　参上し
帝《みかど》に漢詩《し》とか　教《おせ》とって
常時《いつも》みたいに　夜更《ふ》けたんで
そこ控えてた　女房らは
一人二人と　姿消し
屏風や几帳《きちょ》の　陰とかで
皆《みんな》隠れて　寝て仕舞て
眠いん堪《こら》え　私《うち》一人
そこに控えて　居った時

「丑四つ」（午前三時ころ）とかが　聞こえたで
「うわ夜明《よ》ける」て　独り言
私《うち》が言《ゆ》うたら　大納言様《なごんはん》

「今更寝なや」　とか言《ゆ》うて
寝させ様とは　させんので
（失敗《しもた》　偉い人《ん》起きてるに
何《なん》でこんなん　言《ゆ》うたか）　と
思たが他に　人居たら
誤魔化し様も　あったのに

帝《みかど》が柱　寄り掛かり
ちょっとウトウト　されてんを
「ここ来て見てみ　寝てはるで
夜ぉ明けたのに　どう思う」
と大納言　言《ゆ》うたなら
「ほんまや」とかて　中宮様《みやはん》が
笑いはるけど　まだ寝てた

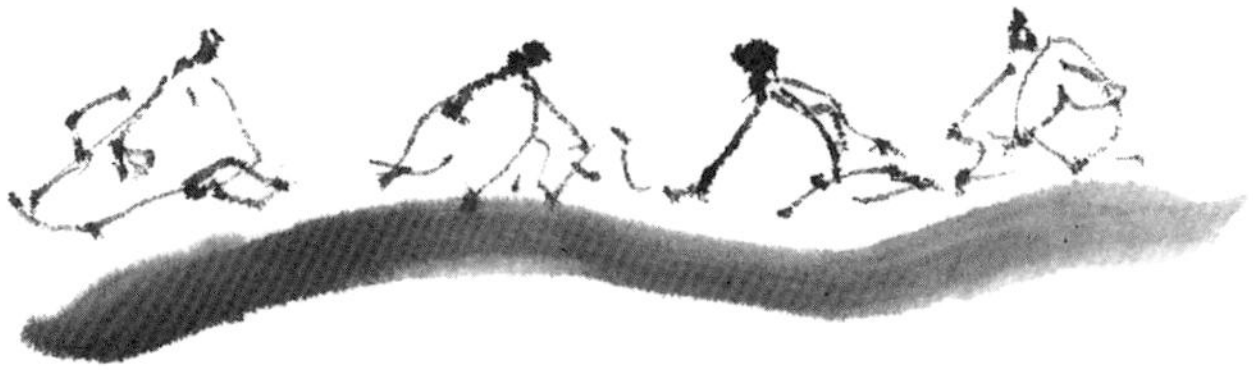

丁度その時　やったけど
長女使《おさめつこ》てる　童女《わらわめ》が
(宮中の雑用係)
捕《つか》まえた鶏《とり》　持ち込んで
(朝に実家《さと》へと　持ち帰ろ)
と隠してたん　どしたんか
犬それ見付け　追うたなら
廊下の間木《まぎ》に　逃げ入り
(上長押の棚)
大層《えろ》大声で　鳴いたから
女房ら皆《みんな》　起きて仕舞《も》た
帝《みかど》も目えを　覚ましはり
「何《なん》で居るんや　こんな鶏《とり》」
とびっくりし　尋《たん》ねたら

大納言様《はん》　落ち着いて
「時告げ役人　声上げて
寝てる明王《めいおう》　起こさせる」
と声高《たこ》うに　謡《うと》たんは
大層《えろう》立派で　興趣《おもしろ》深て
私《うち》らみたいな　寝惚け目も
パッと大っきに　開いたわ
「場にバッチリの　良《え》え漢詩《うた》や」
と帝様《みかどはん》も　中宮様《みやはん》も
笑《わろ》て　面白がりはった
こんな遣り取り　良《え》えもんや

【時告げ役人】
鶏人《けいじん》暁唱《あかつきにとなう》
声《こえ》驚明王之眠《めいおうのねむりをおどろかす》
(時告げ役人　暁に
声上げ唱え　明王の
眠りをここに　覚ますなり)
―白氏文集―

その次の夜　中宮様《みやはん》が
帝の御殿に　行きはんで
お世話した後　この私《うち》が
夜中に廊下　出て来てに
召使いとか　呼んでたら
そこに来はった　大納言

「局《つぼね》行くんか　送ろか」と
声掛け私《うち》を　誘うんで
裳おや唐衣《からぎぬ》　傍にある
屏風に掛けて　出てみたら
月が大層《えろう》に　明るうて
大納言様《はん》　着《つ》けてはる
真っ白直衣《のうし》　見えとって
指貫長《さしぬきなご》う　踏みながら
私《うち》の袖とか　掴まえて
「転びな」言《ゆ》うて　私《うち》連れて
「旅人なおも　残月に」
とか謡うんは　恰好良《え》ぇ
「こんな事でも　嬉しんか」
言《ゆ》うて大納言《なごん》は　笑うけど
こんな良《え》ぇこと　他無いわ

（二百九十七段）

【旅人なおも】
遊子猶行残月《ゆうしなおざんげつにゆく》
函谷鶏鳴《かんこくにわとりなけり》
（旅人なおも残月に行き
函谷関に鶏が鳴く）
―和漢朗詠集―

三月時分　物忌《ものいみ》で
仮の宿とか　借るために
他所《よそ》の家へと　行った時
あんまり立派《ええ》木　無い中に
柳て云《ゆ》う木　普通のは
細て優雅な　葉ぁやのに
そこの葉太っきて　不恰好《ぶかっこ》を
「こんなん柳　違《ちゃ》うん違《ちゃ》う」
とかこの私《うち》が　言《ゆ》うたなら

「こんなんもある」　とか言《ゆ》うて
眉吊り上げて　怒るんで

(良《え》え思て
柳葉太《やなぎばぶ》っと　広げてに
春の面目　潰《つぶ》す家やで)

(偉そうに
細い目非常《ごっつ》　ひん剥《む》いて
良《え》え顔立ちが　台無しやんか)

とその顔見て　思うたわ

賢《さか》しらに
柳の眉の
広ごりて
春の面《おもて》を
伏する宿かな

良《よ》う似た時の　頃やって
また同じ《おんな》の　物忌《ものいみ》で
やっぱり他所《よそ》へ　行った時
二日目とかの　昼頃に
もう退屈で　仕方無《しょうの》うて
(すぐに参上　したいな)と
思うて居った　その矢先
中宮様《みやはん》からの　文届き
(わぁ嬉しい)と　読んでみた

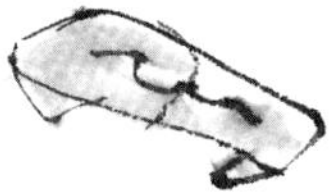

浅緑色《あさみどり》での　紙とかに
宰相君が　綺麗《きれえ》字で
《どないして
過ごしてるんや　そっちでは
暇持て余す　昨日今日やで
と中宮様《みやはん》が　言《ゆ》うてはる
私《うち》も今日の日　千年も
待ってる様な　気ぃするで
明日《あした》朝早よ　こっち来て》
とその文に　書いたった

如何にして
過ぎにし方《かた》を
過ごしけむ
暮らし煩ふ
昨日今日かな

宰相君《さいしょゆ》が言《ゆ》んも　興趣深《おっかし》が
その上中宮様《みやはん》　言《ゆ》うのんも
疎《おろそ》か出来ん　気ぃがして

《中宮様《みやはん》も
退屈らしい　春の日を
ただぼんやりと　私《うち》過ごしてる

もう私《うち》今宵《きょう》の　内にでも
後《あと》一晩で　死んで仕舞《も》た
深草少将　みたいにと
なるん違《ちゃ》うかと　思てんや》

と返事出し　翌朝《あくるあさ》
中宮様《みやはん》の所《とこ》　行ったなら

雲の上も
暮らし兼ねける
春の日を
場所柄《ところから》とも
眺めつるかな

【深草少将】
小野小町に「私の元へ百日間通い続けたら結婚しよう」と言われ、九十九夜通ったが、百日目の雪の降る日、雪に埋まり凍死した

「昨日の返事　あれ何《なん》や
『退屈らし』が　気に入らん
真実《ほんま》に『退屈』　してたんや
それで其女《あんた》が　そんなんを
言《ゆ》たこと皆で　非難《けなし》てた」
と言《ゆ》われたん　惨めやわ
言《ゆ》われたんこれ　合《お》てるけど・・・

（二百八十六段）

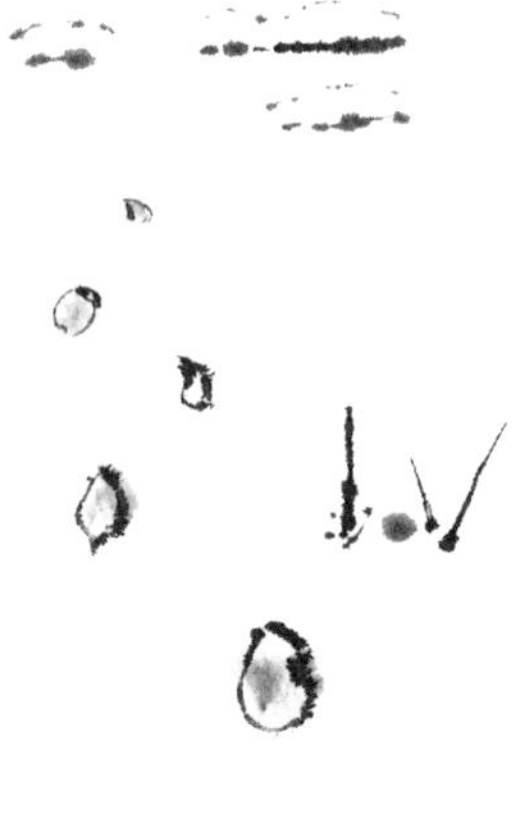

御仏名《おぶつみょ》あった　翌日《あくるひ》に
地獄絵屏風　持て来させ
帝中宮様《みやはん》に　見せはった
非常《えろ》気味悪い　絵えなんで
「見てみ　見てみ」て　帝私《ていうち》に
言《ゆ》たけど「嫌や　見ぃひんで」
言《ゆ》うて怖《こわ》あて　小部屋行き
そこで隠れて　寝て仕舞《しも》た

【御仏名《おぶつみょ》】＝仏名会　三日間仏の名を唱え祈る懺悔儀式

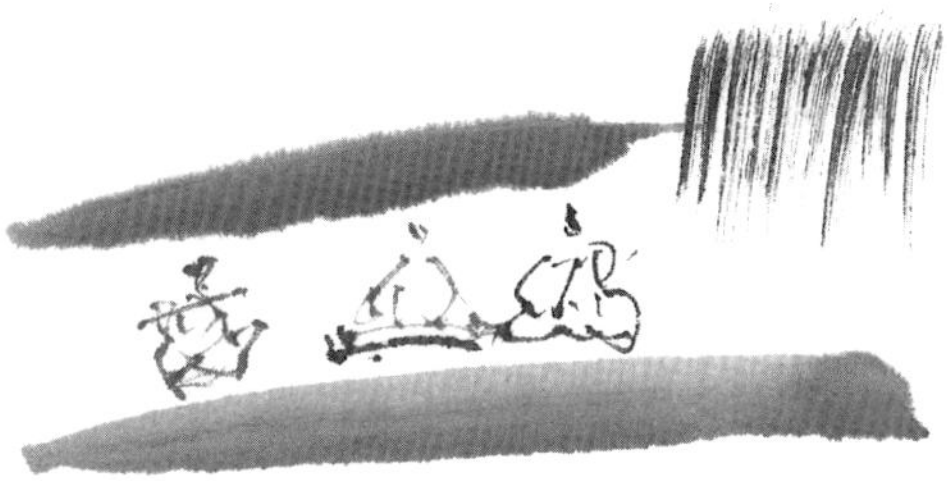

雨が酷《ひど》うに　降ってて
退屈してか　殿上人《てんじょう》を
上の御局《みつぼね》　集めさし
帝《みかど》管弦遊《かんげん》　開かれた
道方《みちかた》(源道方)少納言《なごん》　琵琶とかは
大層上手《えろううもう》て　良かったで
済政《なりまさ》(源済政)弾いた　箏《しょう》の琴
行義《ゆきよし》(平行義)吹いた　笛とかや
経房中将《つねふさちゅうじょう》(源経房)　笙《しょう》の笛
それぞれ皆《みんな》　上手《うま》かった

曲一渡り　奏《かな》でてに
琵琶弾き終えた　その時分
「琵琶が止《や》んだに　物語《かた》るん遅い」
と大納言《（藤原伊周）》　謡《うと》たんで
隠れ寝とった　この私《うち》が
ゴソゴソ起きて　来たのんで
「仏罰《ばち》を怖がる　くせしてに
遊び心は　止《や》まんのか」
と言《ゆ》われ皆に　笑われた

（七十七段）

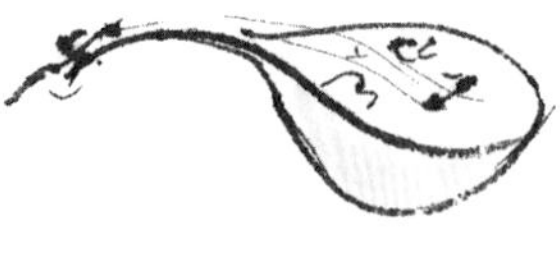

【琵琶が止《や》んだに】
尋聲暗問彈者誰《こえたずねひそかにとう　ひくはだれかと》
琵琶聲停欲語遲《びわのこえやみ　かたらんとすおそし》
（聲聞き「誰」と　密かに聞けば
琵琶の音止むも　応《こた》えは無《の》うて）
——白楽天・琵琶行——

上の御局《みつぼね》　簾の前で
昼間ずうっと　殿上人《てんじょびと》
琴を弾いたり　笛吹いて
遊んでる内　日暮れたが
格子下《おろ》して　ないのんに
灯火《あかり》を持って　来たのんで
中丸見えに　なるよって
中宮様《みやはん》持ってた　琵琶とかを
縦に持ち替え　顔隠す

着てはる紅の　お衣装は
言うまでもない　ことやけど
打ったり張ったり　した衣《ふく》で
こんなん多数《ようけ》　重ね着て
大層《えろう》黒うて　艶やかな
琵琶にその袖　掛けてはる

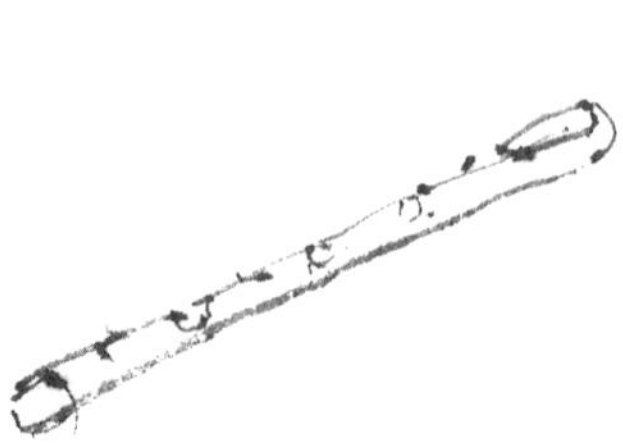

【縦に持ち替え】
千呼萬喚始出來《せんこばんかん　はじめていづも》
猶抱琵琶半遮面《なおびわだきて　なかばおもしやす》
（何度も呼ぶに　出で来たるやも
猶も琵琶抱き　顔隠し居る）
——白楽天・琵琶行——

それだけででも　素晴らしに
端から覗く　その額
大層《えろう》白《しろ》うて　鮮やかで
他に譬《たと》え様《よ》　無いくらい
私《うち》は近くの　女房《にょぼ》に寄り
「顔を半分　隠してた
昔に居った　女とか
並の身分の　人やから
こんな素晴らし　なかったで」

と言《ゆ》うたなら　その女房
人大勢《よけ》居るん　掻き分けて
中宮様《はん》の　傍行って
「何《なん》や分らん　こと言《ゆ》てる」
と言《ゆ》うたんか　笑《わろ》うてに
「あれは別れの　時の漢詩《し》や
分かっとったら　早よ帰り」
と言《ゆ》うたんを　また私《うち》に
伝えに来たん　滑稽《おっかし》い

（九十段）

【別れの時の漢詩】
・江州の司馬に左遷された白楽天が、訪ねて来た友人を送る途中、船中にて琵琶を極めて上手く弾く女人に遭遇して詠んだ詩

潯陽江《じんようこう》頭　夜　客送る
楓葉荻花《かえでおぎはな》　秋風寂し
主人《あるじ》馬下り　客船に在り
酒を飲まんも　管絃無く
酔うも歓《かん》なく　別れんと
別るに　広き江《え》　月水面《みなのおも》
聞こゆは水上　琵琶の聲
主人《あるじ》歸るを忘れ　客發せず
聲尋ね　暗《ひそか》問う　弾くは誰ぞと
琵琶音止むも　語るは遅し
船移し近づき　招え相見る
酒添え燈《とも》点し　重ねて宴
千呼萬喚《ばんかん》　始めて出づも
猶《なお》琵琶を抱き　半面《なかばおもしゃ》遮す
―白楽天・琵琶行―

淑景舎様《しげいさはん》が　春宮《とうぐう》に
（定子の妹・十六歳）
入内《じゅだい》しはった　時とかの
その見事さは　なかったで

正月十日　入内して
文とか頻繁《しきり》　中宮様《みやはん》と
交わされてたが　会《お》て無《の》うて
二月の十日　過ぎ頃に
中宮御殿《こっち》へ来るて　知らせ来た

普段《いっつも》よりも　部屋とかを
念入り磨き　女房らも
皆々気張り　待ってたが
此方《こっち》来たのん　夜中やで
すぐにその夜　明けて仕舞《も》た

中宮様《みやはん》の居る　登花殿《とうかでん》
東廂の　二間《ふたま》をば
淑景舎様《しげいさはん》の　部屋にした
親の関白（藤原道隆）　北の方
二人揃うて　明け方に
一つ牛車《くるま》で　来はったわ

翌日《あけて》朝早よ　格子上げ
二間《ふたま》と障子（襖）　隔てての
南の部屋に　中宮《みや》居って
高さ四尺　屏風をば
東西広げ　北向きに
立てて畳と　敷物《しきもん》を
敷いて火鉢が　置いたぁる

それの屏風の　裏側の
隣の帳台　前辺《あた》り
女房が大勢《ようけ》　控えてる

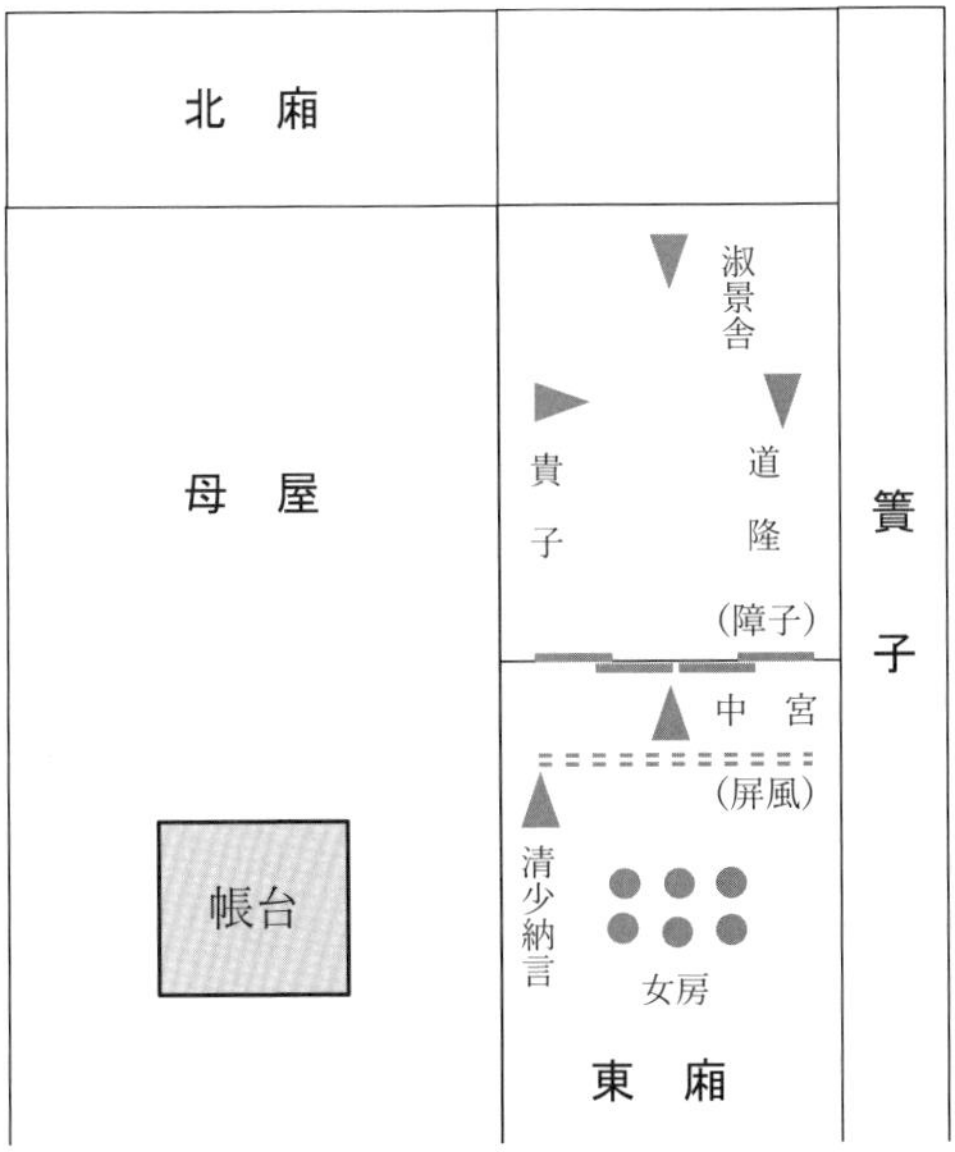

まだその部屋に　中宮様《みやはん》が
居って髪とか　梳《す》かしてに
「見たことあるか　淑景舎《しげいさ》を」
とこの私《うち》に　訊《き》いたんで
「まだや　そんなん出来《でけ》へんわ
積善寺《せきぜんじ》での　供養の日
後姿《うしろ》を　ちょっとだけ」

言《ゆ》うたら中宮様《みやはん》　こそっとに
「そこの柱と　屏風寄り
私《うち》の後ろで　そっと見ぃ
大層綺麗《えろうきれえ》な　お方《ひと》やで」
と言《ゆ》うたんで　嬉しいて
見たい気持ちが　強うなり
早よその機会《おり》が　来んかなと

中宮様《みやはん》着てる　衣装《ふく》とかの
紅梅織の　固文《かたもん》や（沈み模様織）
浮文《うきもん》とかの　上着をば
紅の打衣《うちぎぬ》（艶出し衣）　三重の上
ただただ重ね　着てはるを
「紅梅織の　上着には
濃い打衣《うちぎぬ》が　良う合うが
もう似合わんの　悔しいわ

【浮文《うきもん》】模様が浮き上がるように織った織物

この年齢《とし》なると　紅梅は
着ん方《ほ》が良《え》えと　思うけど
萌黄《もえぎ》なんかは　好かへんな
紅打衣《うちぎぬ》に　合わんので」

と言いはるが　私《うち》らには
ただただ大層《えろう》　素晴らしい
お衣装にしか　見えへんだ

着てはる衣装《ふく》の　色合いが
格別やって　その上に
綺麗《きれえ》な容貌《おかお》　映えとって
もう一人居る　美しい
淑景舎《しげいさ》これも　こんなかと
ますます見とう　なって来た

そのうち中宮様《みやはん》　膝行《いざ》ってに
部屋《むこう》に入られ　はったんで
私《うち》ら屏風に　へばり付き
中を覗いて　居ったけど
「疾《やま》しないんか　良うないで」
とブツクサと　私《うち》らの
後ろで言《ゆ》うん　滑稽《おっかし》い

障子が広う　開《あ》いたって
中の様子が　良う見える

北の方様《はん》　白上着《うわぎ》
その下紅色　糊張った
打衣《うちぎぬ》二枚　着てはって
女房《にょぼ》の裳やろか　ちょっと付け
奥の方《ほ》寄って　東向き
座ってるけど　ここからは
着てるもんしか　見えとらん

淑景舎《しげいさ》北に　ちょっと寄り
南を向いて　座ってる

濃いや薄いの　紅梅の
袿《うちき》（内側に着る服）沢山《ぎょうさん》　重ね着て
上に濃い紅　綾着物
ちょっと赤味の　小袿《こうちぎ》（略装上着）は
これ蘇芳色《すおいろ》（紫がかった紅）の　織物《おりもん》で
若やか萌黄色《もえぎ》　固文《かたもん》（沈み模様織）の
上着なんかを　着てはって
扇で顔を　隠してん
大層可愛《えろかい》らして　美しに
ここから見たら　見えたんや

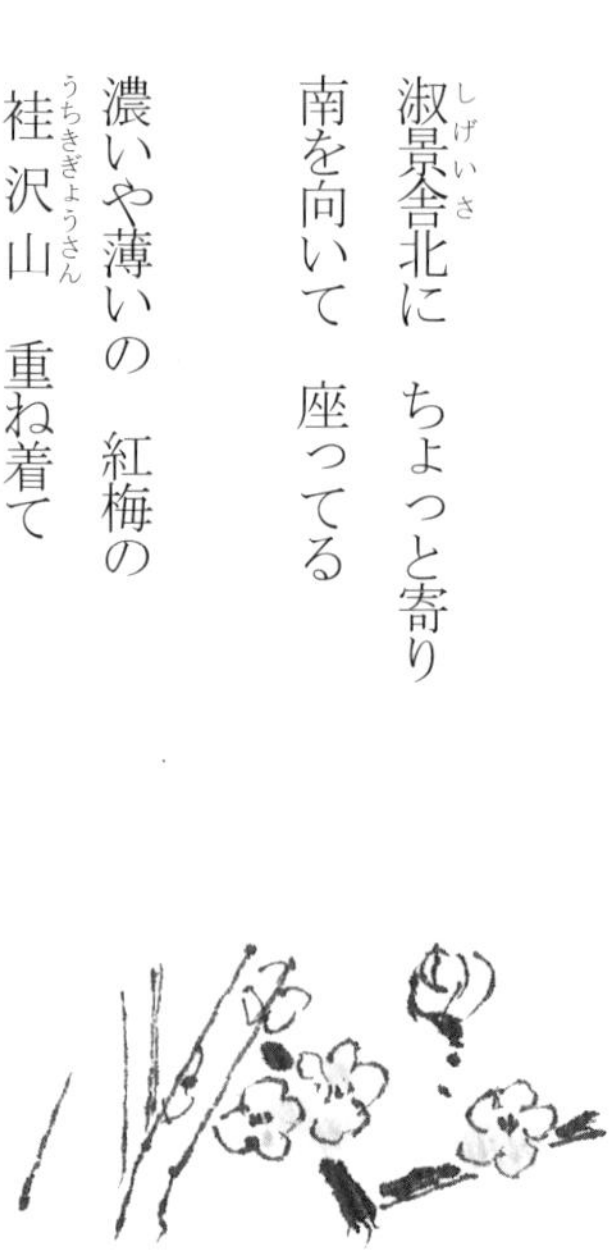

【女の正装】
上から順に、唐衣《からぎぬ》・裳・
表着《うわぎ》・打衣《うちぎぬ》・袿《うちき》・袴・
単衣《ひとえ》・袴

父君様《はん》の　関白は
薄紫の　直衣《のうし》着け
萌黄《もえぎ》色の織《おり》物の　指貫《さしぬき》で
紅の下服　重ね着て
入紐《いれひも》なんか　ちゃんと差し
（襟などの開閉用の紐）
廂《ひさし》の柱　寄りかかり
こっちを向いて　座ってて

娘二人の　綺麗姿《きれえなり》
それ微笑《ほほえ》んで　見ながらに
常時《いっつも》飛ばす　戯言《ざれごと》を
盛んに何《なん》や　言《ゆ》うてはる

淑景舎《しげいさ》大層《えろう》　可愛《かい》らして
絵に描いた様《よ》に　座ってる
中宮様《みやはん》落ち着き　ゆったりと
ちょっと大人び　見えとって
紅の着物に　映えてんが
比べるもんの　ないくらい
大層《えろう》美し　見えてたで

朝の清めの　水とかを
差し上げること　なっとって
淑景舎様《しげいさはん》の　水とかは
宣耀殿《せんようでん》と　貞観殿《じょうがんでん》
（内裏北側の殿舎）　（内裏中央北の殿舎）
そこを通って　童女《わらわめ》の
二人と四人　下仕え
これらが運んで　来るみたい

貞観殿《じょうがんでん》とを　繋いでる
唐廂《からびさし》での　こっち側
そこに女房の　五、六人
運んで来るん　待っとおる
そこ狭いんで　淑景舎《しげいさ》を
お送りしてきた　女房の
半分ほどは　帰ったわ

桜襲《がさね》の　汗衫《かざみ》にと（童女の上着）
萌黄《もえぎ》色や紅梅《こうばい》色　とかとかの
着物大層《えろう》に　素晴らしを
着てる童女《わらわめ》　その二人
汗衫《かざみ》の裾を　長《なご》う引き
受け取り渡す　その様子
大層《えろ》艶っぽて　興趣《おもしろ》深い

それの廊下の　近くには
馬頭《うまのかみ》をば　務めてる
相尹《すけまさ》の娘《こ》の　少将や
北野宰相　その娘
宰相君《さいしょうきみ》とか　座ってて
織物《おり》の唐衣《からぎぬ》　出しとった

良え《え》光景《ながめ》やと　見とったら
中宮様《みやはん》使う　清め水
青色《あお》の裾濃《すそご》の　裳ぉとかに
唐衣《からぎぬ》、裙帯《くたい》（裳の垂らし布）　領布《ひれ》着けて
大層《えろ》白塗《ぬ》った　顔をした
当番采女《うねめ》（宮中の雑役婦）　持って来て
下仕えらが　手から手へ
中宮様《はん》に　渡すんは
正式ばった　唐風で
ほんま興趣《おもしろ》深　見えたんや

朝の食事の　時なって
髪整えの　女官来て
給仕を担当《にな》う　女蔵人《にょくろど》の（女の雑役係）
髪を結《ゆ》い上げ　中宮様《みやはん》に
用意のお膳　運ぶ時
隔ての屏風　開けたんや

覗き見してた　私《うち》らは
隠れ蓑とか　剥《は》がされた
気《き》分になり見る訳　行かんでに
もっと見たいと　悔しから
簾ぅと几帳の　中入り
柱の外から　見てたけど
着物の裾や　裳ぉとかが
全部《ぜえんぶ》簾の外　出てたんで
端《はし》から関白　これ見付け

「あれは誰やろ　簾の間《ま》から
見えとるのんは　誰かいな」
と咎めたら　中宮様《ちゅうぐはん》
「物珍して　清少納言《しょうなごん》
様子見とうて　覗くんや」

と言《ゆ》うたんで　関白が
「あぁ恥ずかしで　清少納言《あのおんな》
以前《ふる》から知ってる　女やに
大層不器量《えろうぶきょりょ》な　娘らを
持ってるなぁと　見て居るで」

と言《ゆ》うてはる　その顔は
大層《えろう》自慢げ　やったがな

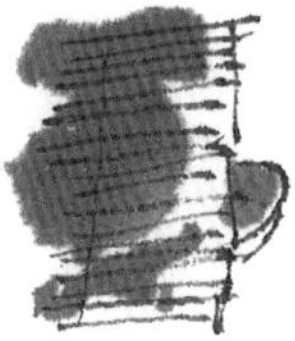

淑景舎《しげいさ》にへも　食事出る

食事がまだの　関白は
「皆《みんな》の食事　揃たんか
大層《えろ》羨まし　限りやで
早ように食事《それ》を　食べはって
この爺さんや　婆さんに
食べ残したん　下賜《くだ》されや」

とかとか言《ゆ》うて　一日中《じゅ》
戯言《ざれごと》ばかり　言《ゆ》うてたら
三位中将《ちゅうじょ》と　大納言
(伊周の弟・隆家)　(藤原伊周)
松君連れて　そこへ来た
(伊周の長男・三歳)

関白様《はん》は　早速に
松君《そのこ》抱き上げ　膝の上
座らせたんが　可愛《かい》らしい

狭い簀子《すのこ》で　二人して
嵩張《かさば》る正装　してるんで
着てはる長い　下襲《したがさね》
長《なご》うにそこら　広げてる

そこ座ってる　大納言
重々しいて　爽やかで
中将《ちゅうじょ》は大層《えろう》　賢明相《かしこそ》で
二人の姿《なり》の　立派《ええのん》を
見てたら関白　勿論で
北の方かて　良《え》え運に
恵まれてるなぁ　思うんや

「敷物《しきもん》を」とか　言《ゆ》うたけど
「これから陣の座（会議の場所）　行くのんで」
言《ゆ》て大納言　直ぐ立って
そっちの方へ　去《い》って仕舞《も》た

それから暫く　経《た》った頃
式部の丞《じょう》（人事担当三等官）の　何某《なにがし》が
帝の使者《つかい》で　来たのんで
御膳宿《おものやどり》（配膳室）の　北寄りに
敷物《しきもん》出して　座らせる

普段《いつも》と違ごて　中宮様《みやはん》は
今日は返事を　直ぐ書いた

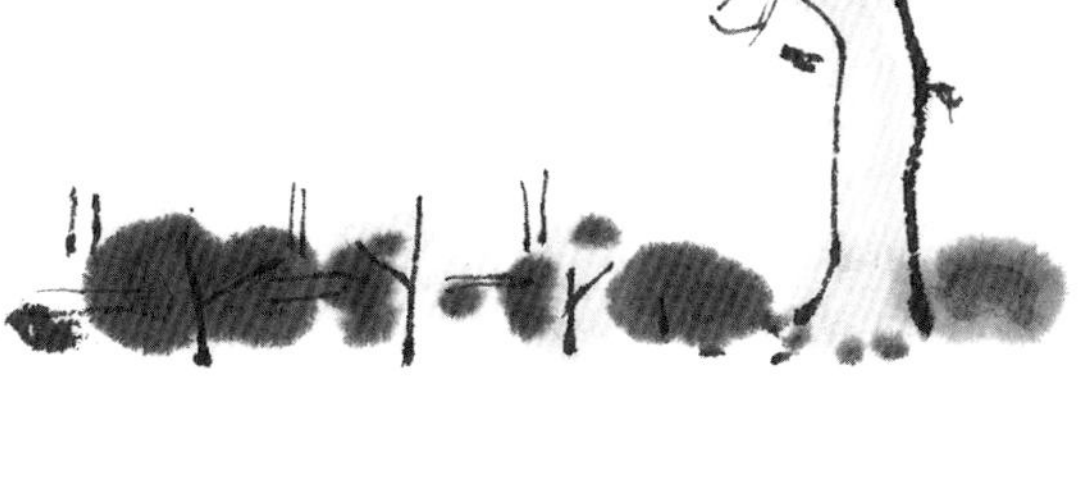

その敷物《しきもん》も　引かん内
春宮《とうぐう》からの　使者《つかい》での
周頼《ちかより》少将　そこへ来た
（伊周異腹の弟）

来た文直ぐに　受け取って
渡殿簀子《すのこ》　狭いんで
こっちの部屋の　簀子《すのこ》にと
別の敷物《しきもん》　出したんや

受け取った文　関白や
北の方やら　中宮様《みやはん》が
代わる代わるに　文《それ》見てる

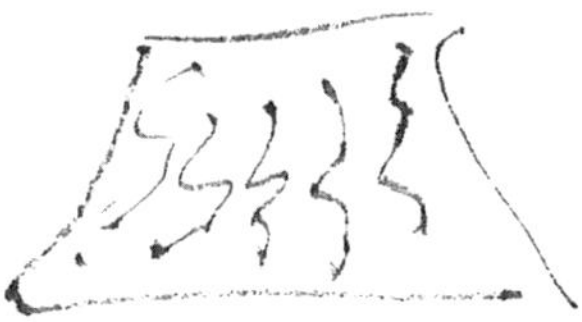

もじもじしてる　淑景舎《しげいさ》に
「早よう返事！」と　関白が
言《ゆ》たけど直ぐに　書かんので
「儂《わし》見てるんで　書かんのか
相《そ》やない時は　こっちから
引っ切り無しに　出すんやろ」
と言《ゆ》うたんで　淑景舎《しげいさ》が
顔赤《あこ》うして　笑《わろ》てんは
何《なん》とも可愛《かい》らし　見えたんや

「ほんま早ように」　とか言《ゆ》うて
北の方様《はん》　急《せ》かすんで
背中を向けて　書きなさる

近うに寄って　北の方
一緒に書こと　するのんで
余計《よけ》恥ずかし気《げ》　してはった

中宮様《ちゅうぐはん》から　簾ぅ越しに
萌黄《もえぎ》の織物《おり》の　小袿《こうちぎ》(略装上着)と
袴出たんで　三位少将《さみしょうしょ》
使者《つかい》にそれを　与《や》ったなら
重とて肩が　苦しんか
その手で持って　帰ったわ

松君可愛げ　もの言《ゆ》んを
皆（可愛《かい》らし）と　聞いとおる
「中宮《ちゅうぐ》の子やと　言《ゆ》うてから
人前出しても　悪《わる》ないな」
と関白が　言《ゆ》うたけど
ほんまに何《なん》で　中宮様《みやはん》に
出産《おめでた》無いんや　気に懸かる

未《ひつじ》時分に(午後二時ころ)　なった時
「筵道《えんどう》敷くで」　言《ゆ》うて直ぐ
御衣《おんぞ》の衣擦《きぬず》れ(帝の通り道に敷く筵)　音さして
帝《みかど》が入って　来たのんで
中宮様《みやはん》こっちに　来はったで

そのまま帳台　行ったんで
女房《にょぼ》ら衣擦《きぬず》れ　音させて
南廂に　引っ込んだ

帝の供での　殿上人《てんじょびと》
南廊下に　びっしりや

中宮識《しき》の　役人《ひと》呼んで
「果物、肴《さかな》　持って来い
　殿上人ら　酔わすんや」
と関白が　言《ゆ》うたんで
皆《みんな》酒飲み　酔うてから
女房《にょぼ》らと何《なん》や　話して
互いに楽し　過ごしてる

日ぃ沈むころ　帝起きて
すぐに　山の井大納言
これ呼び髪を　直してに
そのまま部屋に　帰られた

桜襲《がさね》の　直衣《のうし》着て
紅の召し物《もん》　夕映えに
映える御姿　立派やが
畏れ多《お》いんで　言《ゆ》ん止《や》める

ところで山の井　大納言
腹は違《ちゃ》うけど　伊周《これちか》の
兄《あに》さんやって　立派《ええ》人や

綺麗《きれえ》さとかは　伊周《これちか》に
勝《まさ》ってるけど　世の中の
人らが頻り　貶《おとし》めて
言《ゆ》うんは何《なん》や　可哀想や

関白様《はん》と　大納言
この山の井の　大納言
三位中将　内蔵頭《くらのかみ》
（宝物管理・物品調達係の長官）
皆まだそこに　控えてた

そしたらそこへ　またまたに
「中宮《ちゅうぐ》にこっち　来るように」
と言《ゆ》て　馬の典侍《ないしすけ》
（帝付き女官）
使者《つかい》になって　ここに来た

「今晩無理や」とか言《ゆ》うて
中宮様《みやはん》渋り　なさるんを
関白傍で　聞いとって

「それはアカンで　早よう行き」
とかとか言《ゆ》うて　居る時に
また春宮《とうぐう》の　使者《つかい》とか
何遍《なんべん》と無《の》う　来るのんで
辺《あた》りざわざわ　騒がしい

春宮《とうぐう》付きの　女房や
春宮《とうぐう》侍従　とかも来て
「早よう」と帰り　急《せ》かせ言《ゆ》う

それ捉《とら》まえて　中宮様《みやはん》が
「そんなら淑景舎《あんた》　まず先に」
と言《ゆ》うたけど　淑景舎《しげいさ》は
「何《なん》でこの私《うち》　先行ける」
と遠慮して　言《ゆ》うけども
「やっぱり私《うち》が　見送るわ」
とか中宮様《みやはん》が　譲るんは
微笑《ほほえ》ましいて　滑稽《おっかし》い

「そんなら遠い方《ほ》　先するか」
と関白が　言いはって
淑景舎《しげいさはん》様が　先帰る

その見送りに　関白が
行って戻って　その後で
中宮様《はん》が　帰りはる

帰る途中も　関白が
またまた戯言《ざれごと》　言《ゆ》うのんで
私《うち》ら大層《えろう》に　笑い転《こ》け
通る途中の　打橋で（殿舎間の仮通路）
危のう落ち相《そ》　なって仕舞《も》た

（百段）

中村博先生のこと

上野　誠

先生なのだが、あえて「この人」といわせてもらおう。この人は、不思議な人である。誰に頼まれたというわけでもなく、こつこつとひとりで、日本の古典、しかも王道中の王道というべき古典の現代語訳をしている。まさしく偉業である。『万葉代匠記』の契沖（一六四〇―一七〇一）は僧侶であったし、本居宣長（一七三〇―一八〇一）の本業は医者であった。つまり、篤学の士にプロとアマの違いなどないのだし、プロだとかまえている奴に限って大きな仕事をしていない。私などは、職業として講じているのであって、全訳などしたこともない。

その「この人」が、このたび、『枕草子』に取り組んでいる。女房生活の悲喜こもごもを、おちゃめな文体で綴った『枕草子』である。もちろん、すべてを味読したわけではないが、成功はしていると思う。というのは、遊び心がないと、『枕草子』の訳は出来ないと思うからである。『枕草子』には、それが顕著なだけなのであって、日本の古典は「遊び心」の産物である。それを、近代国文学は、愛と死をめぐる懊悩の物語にした。つまり、教室で語るために、遊び心をなくしたのだ。

今を生きる国文学徒どもよ。この人を見よ。この人の示した道に、草が生えている。その草を見る心、道草の心がないとダメだ。今回の『枕草子』も、その遊びに期待している。

（うえの・まこと／奈良大学教授）

あとがき

何故『古典』を読むのか。

受験のため？　教養のため？

そんなお仕着せで読むのなら、こんな詰まらないものはない。

識者は言う。

「人生にはいろいろなことがある。経験を積めばこれへの対処方法は身に付くが、それではその度に悩み、苦しみを乗り越えなければならない。先達《せんだつ》が居れば、それに意見を求め、アドバイスが得られる。先達《せんだつ》が経験した苦労、心の動き、対応方法、立ち向かう勇気などを語り伝えるものが文学であり、その手段として、小説・随想・物語・詩歌などがある。

その格好のものが『古典』だ。

何も『古典』によらず『現代物』でも良さそうであるが、時の洗礼を潜《くぐ》ってないものは玉石混淆《こんこう》である。時代を越えて読み継がれた『古典』こそ『生きるための智恵と勇気が得られる』ものなのだ」と。

至極もっともで、なんの異論もない。

ならば、それを書く人はどうであろうか。

清少納言に聞いてみれば、どう答えるであろう。

「そこに紙があったから」とでも答えるだろうか。

イギリスの登山家ジョージ・マロリーの「そこに山（エベレスト）があるから」と、何やら三浦雄一郎を思ってしまうが、これを言った本来の意味は『何かをすることに理由なんて必要なのか？　好きに理由は必要ない』ということである。

きっと、清少納言も、こ難しいことを考えずに楽しんで書いたに違いない。

私も楽しんで訳しているのだから。

平成31年　仲春・春分を間近にして

中村　博

中村　博「古典」関連略歴

昭和17年10月19日　堺市に生まれる
昭和41年　3月　　大阪大学経済学部　卒業

・高校時代：堺市成人学校にて犬養孝先生講義受講
・大学時代：大阪大学　教養・専門課程（文学部へ出向）で受講
・夏期休暇：円珠庵で夏期講座受講
・大学&卒後：万葉旅行多数参加

・H19.07.04：ブログ「犬養万葉今昔」掲載開始　至現在
　http://blog.goo.ne.jp/manyou-kikou/
・H19.08.25：犬養孝著「万葉の旅」掲載故地309ヵ所完全踏破
・H19.11.03：「犬養万葉今昔写真集」犬養万葉記念館へ寄贈
・H19.11.14：踏破記事「日本経済新聞」掲載
・H20.08.08：揮毫歌碑136基全探訪（以降新規建立随時訪れ）
・H20.09.16：NHKラジオ第一「おしゃべりクイズ」出演
　《内　容》「犬養万葉今昔」
・H24.05.31：「万葉歌みじかものがたり」全十巻刊行開始
・H24.07.22：「万葉歌みじかものがたり」「朝日新聞」掲載
・H25.02.01：「古事記ものがたり」刊行
・H26.05.20：「万葉歌みじかものがたり」全十巻刊行完了
・H26.12.20：「七五調　源氏物語」全十五巻刊行開始
・H27.01.25：「たすきつなぎ　ものがたり百人一首」刊行
・H30.11.20：「七五調　源氏物語」全十五巻刊行完了
・H31.04.20：「編み替え　ものがたり枕草子」刊行開始

犬養孝先生揮毫「まほろば」歌碑（春日大社）

《国随一《ずいいち》の　大和国《やまとくに》
重なる山の　青垣が
囲む大和は　雲はるか
愛《いと》しの大和　愛《いと》しや大和》

倭《やまと》は
国のまほろば
畳《たた》づく
青垣
山隠《やまごも》れる
倭《やまと》し愛《うるわ》し
――倭建命《やまとたけるのみこと》――
（「古事記」歌謡三十一）

大阪弁で七五調
編み替え　ものがたり枕草子 上

発行日
2019年4月20日

著　者
中村　博

制　作
まほろば 出版部

発行者
久保岡宣子

発行所
JDC出版
〒552-0001　大阪市港区波除6-5-18
TEL.06-6581-2811（代）　FAX.06-6581-2670
E-mail : book@sekitansouko.com
郵便振替　00940-8-28280

印刷製本
前田印刷（株）